遠い悔恨

単眼児は見ていた

水野忠興

文藝春秋
企画出版部

遠い悔恨

単眼児は見ていた

装画　cocoanco

目次

第一章　困惑

「新患を一人、診ていただけますか？」

外来師長の鈴木初代《はつよ》が言った。診察室の鳴海《なるみ》のデスクの上には再来患者のカルテが山のように積まれている。新患は院長が診て、再来は鳴海の担当と一応の分担になっている。しかし、ときに鳴海のところに新患が廻ってくることがあった。

「大分、時間がかかりますよ」

と言って鳴海はカルテの山を指した。

「院長先生がこの患者は鳴海先生に廻すようにと言っていましたので」

鈴木師長は意味ありげに言った。院長は心身症らしい患者は、大抵鳴海に廻すようにしている。鳴海は内科医になる前は精神科をやっていたから、この種の患者の応対は今でもいやでない。院長は問診欄をみて、鳴海向きと判断したに違いない。熟練した医者なら瞬間的に振り分け出来るものだ。

新患の有森祐子が母親に付き添われて鳴海の診察室に入ってきたとき、既に昼を回っていた。入って来るなり、

「随分待たせるんですね！」

と神経質な声で言ったのは母親の有森孝子だった。

「再来患者さんが多かったもので」

鳴海は思わず言い訳した。

「うちは院長先生にお願いしたんですよ」

母親の不満は、待たされた挙げ句に若い鳴海のところに廻されたことらしかった。母親を見ていると、どうやら娘は心身症に違いないと思えてくる。精神科時代の経験を思い出し鳴海は腕が鳴った。

十八歳の有森祐子は二ヶ月来の悪心嘔吐と食思不振が続いて複数の診療所で検査したが、いずれも異常が見つからなかったということでやってきたのだ。ひと通りの診察を終えた

後、母親に席を外してもらって、鳴海は言った。

「妊娠している可能性はありませんか？　おかあさんに出て貰ったのはその点を知りたかったものでね」

「それはないです」

祐子はハッキリ言った。

「メンスは？」

「前から不順で産婦人科に今通っています。昨日も行ってきました」

「なんて言われました？」

「別に。暫く通院しなさいって」

「そうですか。妊娠ではないとすると、一応ひと通りの検査をしないとハッキリ言えないんですが、どうも貴方の状態は心配なものではなさそうに思えます。あまり心配しないでいいと思いますよ」

祐子は黙って座っている。理解できたのかどうなのか、ハッキリ手ごたえを感じさせない女性だ。再び母親をブースに呼び入れて同じ説明をした。

「二ヶ月も吐いていていて問題ないんですか？」

カーテンの向こうでやり取りを聞いていたらしく、入って来るなり母親は不満げに言った。

「正確なことは検査してみないと言えませんが、印象としてはまあ重篤なものではなさそうだということです」

「点滴をやってくれませんか？　この子は二ヶ月もほとんど何も食べないんですよ」

母親のもの言いは、娘が二ヶ月も食べられないのは、病院の責任であると言わんばかりなのだ。こういう手合いは、これまでいないわけではなかった。病院にかかる前のことまで、責任を持たされるのはお門違いだが、言っても始まらない。有森祐子は入院させて検査を進めることになった。

「娘の主治医は院長先生になるんですか？」

母親が言った。

「いえ、私が初診で受けましたからこの病院の規定で私が主治医になります」

鳴海は若干、意地になって言った。

「母親の方が問題ね。それにあの子、年齢の割に幼い感じがしますね」

鈴木外来師長は採血のため二人が姿を消すと苦笑しながら言った。ベテラン師長のさりげない観察はしばしば的を射て、鳴海をうならせることが多い。

診察中の有森祐子は鳴海の質問に憂鬱そうに答えるだけで自分から積極的に話そうとはしなかった。特に母親の前では何も喋らない。母親が先回りして言うからそれで事足りているということなのか。この依存的な性格が鈴木師長の言うように十八歳のこの女性をことさら幼く見せていた。

しかし診察中、鳴海は一度だけ、祐子に意外な異性慣れしたものを感じた一瞬があった。腹部触診のあと診察椅子に座った祐子の胸に聴診器を当てようとしたとき、「そんなことまでするんですか？」と非難がましく言い、鳴海の手を払い退けたのだ。それはまるで異性の関心を引くための駆け引きのようで、鳴海は不快な思いで手を止めた。カーテンの向こうにいる人間にはいかにも疑惑をもたれかねない物言いだった。外来師長は何かで呼ばれて席を外し、カーテンの向こうの気配は祐子の母親に違いなかった。鳴海はカルテに胸部聴診拒否！　とだけ書いて憤然と立ち上がった。

間もなく師長が戻ってきて、入院手続を説明するために二人を向かいの予備室に連れて行った。出て行くとき、「問題のありそうな親子ね！」とささやいて師長は目配せした。

「まあ一応の検査をやって所見がなければ、出来るだけ早く退院させますよ」

鳴海は半ば言い訳がましく言った。この種の入院患者は看護サイドに何かとクレームをつけて嫌われるのがおちだ。入院が長引いたりすると鳴海にとばっちりが来ないとも限らないのは経験で知っていた。だから、二ヶ月も吐き続けてこのままでいいんですか、と母親がとがめるように言わなかったら鳴海は入院扱いにしたか疑問だ。食べられないと言う割には体重は変わらなかったし、第一、内科疾患というには奇妙に重篤感が欠如していた。

二階の職員食堂で一人遅い昼食を摂っていると、誰かが肩にそっと触れる気がした。振り返ると、鳴海の後ろに薬剤師の村上和子がいたずらっぽい笑顔で立っている。

「びっくりさせるなよ！　全く」

鳴海はなぜか秘密の時間を見つけられた人みたいにうろたえた。

「ごめんね。実は薬局の皆で賭けたの。後ろから近づいたら鳴海先生、驚くかって」

「驚くの、当り前じゃないか。誰もいないところで後ろから近づかれたら、誰だってびっくりするさ」

「ところが三人とも意見が分かれたのね」

言いながら村上和子は鳴海の側に並んで座った。

「全然動じないという人と、ものすごくびっくりするっていう人、それから相手次第だっていう人」

言いながら、村上和子は花柄のハンカチにきちんと包まれた持参のお弁当を丁寧に開いた。遅番の彼女は一人で食事にやってきたのだ。

「全く君達は暇人だな。もう少しまともなことに賭けたらどうなんだ」

鳴海はいつものように歯に衣を着せない。

「ところで君は何に賭けたんだい？」

「下らないことですから、どうだっていいでしょうに」

村上和子は笑って逆襲した。独身の彼女達は同じく独身の鳴海を何かと話題にしているらしかった。私生活が全く見えない鳴海は格好の好奇の対象であった。しかし目下、鳴海に接近する手立てが見えない。何でもいいからとっかかりが欲しいというところだった。

「ものすごくびっくりする方に賭けたのよ」

と言って村上和子はいたずらっぽく笑った。

「何で俺がそういうことになるんだい？」

「一人でいるとき邪《よこしま》なことを考えているから、なあーんちゃって！」

村上は鳴海をからかった。鳴海は見透かされたようで肩をすくめた。

「君は相変わらずミッキーマウスの弁当箱か。それ、なんとかならないか？」

鳴海は仕返しのつもりで話題を変えた。

「これ、小学校のときから使っているんです。あたし、気に入っているものは何年でも使う主義なんです。悪い？」

村上和子は嬉しそうに言った。とても二十五歳とは思えないなと鳴海は呆《あき》れて見ている。

「先生のベッドに美人でグラマーな子が入院したんですって？」

一口食べたところで村上和子が不意に言った。

「誰がそんなこと言ったんだ！」

「ほら、先生、今びっくりしたでしょう」

と言って彼女はいたずらっぽく笑った。歯並びが奇麗で、まるで思春期の少女のようだ。

「君よりずっと若い子だけれど、ずっと大人びているね」

鳴海は誇張して言った。言ったあと、有森祐子は見かけとは違って大人なのかも知れないとも思った。

「ハイ、鳴海先生から見れば、私はどうせねんねですからね」

鳴海はそれに応えずに村上和子の弁当箱に納まった玉子焼きを珍しいもののように見つめていた。玉子焼きの鮮やかな黄色は、なぜか少年時代を思い出させる。

「自分で作ったのかい？」

「もちろんよ！」

「へー、驚いたなあ。君は何にも出来ないと思っていたんだ」

鳴海はわざと嫌みったらしく言った。

「玉子焼きだけは出来るんです。食べたい？」

「別に！」

「遠慮しなくていいんですよ」

「遠慮なんかしていない。ただ見ているだけ」

そのとき半開きのドアの暗い隙間から誰かが覗いている気配を感じて、鳴海は顔を上げた。その拍子に村上和子が差し出した玉子焼きの一切れをタイミングよく口に押し込まれていた。

「あたしの玉子焼き、おいしいでしょう」

と言って、村上和子は大きな瞳で鳴海を見据えた。

「ああ、でも、もういいよ」

鳴海は誰かに見られているような気がしたのだ。

「ところで、あの入院患者の何処が問題だと思う?」

鳴海は聞いた。ガラス張りの薬局からは新患待合室は丸見えで、彼女達はその日の新患を概ね記憶していることが多かったからだ。

「一目見れば解るでしょう。あの母親も問題だけれど、あの子の方がずっと手ごわいかもよ」

「そんな子かな?」

「これ、オンナの直感ね!」

言ってウフフと笑った。鳴海は顔を曇らせた。

「ただ言ってみただけよ。でも本当は母親の方が問題かもね」

「一体どっちなんだ?」

鳴海は村上和子の形のよい唇に注意を集めた。

「あの母親、待っている間、あたし達の薬局の窓口にやってきて、うちは院長先生に診てもらいたいんですが駄目ですかって聞いて来るんです。ここは薬局だから向こうの内科外来で聞いてくださいって言ったら、随分不親切ねって悪態ついて行ってしまった」

村上和子は不満そうに言った。

「母一人、子一人の家庭ってああいうケースが多いんだなあ！」

鳴海は精神科時代の何例かを懐かしく思い出していた。あの頃、一日が終わると疲れと充足感で満たされ、まるで毎日が一期一会の連続だった。内科に転向して十年以上経つ今、機械的な内科診療の方が遥かに鳴海の精神には負担にならない。あのとき患者達の見せた人生の種々相が今では健康な人間よりかえって充実しているように思えてならない。鳴海にそれだけ気持ちの余裕が出来たということだろうか？

「母子家庭なんですか？」

「多分そうじゃなかったかな？」

言って鳴海は急に自信をなくした。何となく母子家庭のような気がしていただけで確認したわけではなかった。二人の母子に振り回されて、いくつかの問診項目をうっかり見落としてしまったのだ。しかし、それは病棟で追々書き込めば済むことだった。入院した以上あの親子は何だかんだ言って暫く居座るんじゃないかと思ったのだ。

鳴海の勤務する清和会十全病院では毎週一回、入院患者の症例検討会があって、このとき主治医達は新しく受け持ちになった患者の概略を説明し、全員の意見を求めることになっている。この検討会は医者をはじめ看護師、薬剤師、放射線技師、栄養士、あるいは事務担当者まで自由に参加して、自由に発言できるもので、このユニークなシステムは職員間の情報連絡の場としても機能してなかなか好評だった。有森祐子が入院したのは前週の土曜日で、月曜の症例検討会で当然、新患として鳴海は祐子を俎上に乗せた。

「十八歳の女性です。主訴は二ヶ月来の悪心嘔吐、食思不振で母親に付き添われて先週の土曜受診しました。午後の入院でしたので緊急検査として胸部レントゲン検査と末血検査のみ行いましたが、胸部はご覧のように特に異常を認めません」

言って、鳴海は明るいシャーカステンに架けられた一枚の胸部単純写真を指さした。皆の視線が一カ所に集まり、異常が無いと見ると再び視線は散った。

「また軽度の貧血を認めるほか白血球も正常で炎症所見を認めません」

「軽度の貧血ということですが、念のため血中ヘモグロビン値は？」

「赤血球が３００万、ヘモグロビンは、８・６g／dℓです。メンスが以前より不順で現在自宅近くの産婦人科に通院しています」

「妊娠の可能性はないんだろうね？」

内科部長の佐々が言った。

「それはないということです」

「今後一応、消化器系の検査をやって、異常がなければ念のため、頭部ＣＴ検査をやろうと考えています」

「それは良い考えだ！」

と佐々部長が言った。

「最近の海外文献に似たような症例報告が出ていて、確か脳に病変が見つかったとあったような気がする。きちんと読んだわけではないから正確なことは言えないんだが、捜してみましょう」

佐々は付け加えた。勉強家の佐々部長は変わった疾患や診断に難渋する新患が入ると、決まって参考文献を紹介するのを常とした。

「他に何か？」

鳴海は周囲を見回した。

「若い女性が妊娠でなくて二ヶ月以上も悪心嘔吐が続いているなんて、ちょっと尋常でない気もするんですが」

後ろの方から控え目な声がした。新人の山本太郎医師だった。彼は鳴海の後輩で、大学の医局から赴任したばかりだ。

「ドラッグはやっていないんでしょうね？」

言ったのは薬剤師の村上和子だった。彼女は必ず患者の服薬状況や、そのほか薬剤に関するかなり突っ込んだ質問をした。的外れの質問で笑われることもあったが、屈託ない性格から繰り出す村上の質問に時にはハッとするような鋭さがあって、それなりに信頼を得ている。

「そこまでは聞いていないんですが、少なくとも彼女の両腕には注射針の痕跡はありませんね」

「何か？」

鳴海は聞き返した。村上が何かを気づいているかも知れないと思ったのだ。村上に言わせればオンナの直感というところだ。

「別に。ただ聞いただけです」

言って、村上和子がウフフと笑った。

「あのグラマーな女の子だろう？　一体あの子の何処が悪いんだね？」

古参の花岡顧問がずばり言った。彼は先代院長の時代からいる外科医でオーナー大宮家の親戚筋らしい。外科部長を最後に退職し今は週三回午前の外来診療にパートでやってきている。気分は現役で下手なことを言うと逆襲されかねない鋭さを持っている。皆黙っている。

「院長、何かコメントはございますか？」

鳴海は最後に院長の方を見た。

「私は鳴海君にふさわしい患者と見たんだよ。まあよろしく頼む」

院長の大宮嗣彦《つぐひこ》が締めくくってこの日のカンファランスはお開きになった。鳴海は会議室から出ながら有森祐子の印象を次のようにまとめた。（十八歳、独身女性。美容師見習い。二ヶ月前から悪心嘔吐、食思不振が続く。月経不順で産婦人科通院中だが妊娠はしていない。若干貧血あり。肉体的発達に比べ精神的発育は依存性がありアンバランスである）

午後、鳴海は二階病棟詰所に上がった。ほぼ出揃った有森祐子の検査所見に真っ先に目を通した。肝、腎、膵の消化器系実質臓器の血液生化学所見は全て正常範囲だ。尿に潜血反応が出ているほか異常は認められない。次に看護記録に目を通した。土曜の入院以来嘔吐三回、吐物は胃液のみ、との記載がある。ほとんど摂食していない。

「嘔吐三回か」

鳴海は独り言のように言った。有森親子の訴えはあながち誇張ではなさそうだった。

「有森さん、他に変わったことはなかったかな?」

日勤ナースに言った。

「変わったことって?」

言って几帳面なナースは何かを思いだそうと努めているらしかった。

「変わったって言うほどではないんですが」

「何だ?」

「入院の次の日の日曜日、つまり昨日の朝九時から夕方四時まで外出しています。それから土、日と眠れないって言うんで、眠剤を当直の先生が出していますね。この二つかな?強いて言えば」

この種の要求は入院患者一般にあることで、取り立てて有森祐子の問題点というほどではない。しかし入院の翌日の外出はなぜか？　有森母子は入院の準備をしてやってきたはずだった。

鳴海は受持ち患者の回診を手早く済ませると最後に新患有森祐子の個室に行った。鳴海を認めるとベッドの祐子は気だるそうに目を開けた。

「どう具合は？」

「まあまあです」

鳴海は眼けん結膜と爪を調べて中等度の貧血を確認した。それから打腱器を使って四肢の腱反射を調べたがこのとき皮膚の注射の痕を隈なく捜すことを忘れなかった。朝の検討会での村上和子のふとした質問が気になったのだ。質問というよりは、あのとき彼女が見せた不可解な笑いが気になっていたという方が正解かも知れない。

「これ、何？」

透けたネグリジェの袖に隠れた有森祐子の左腕の肘関節の窪みに皮下出血の痕があって、鳴海はドキリとした。色調から入院後点滴で出来たものと違うことは明らかだった。

「これは産婦人科で採血したときのです」

有森祐子は無表情に言った。鳴海は黙って聴いている。続いて下肢を軽く引かせ、腹部の緊張をとった姿勢で有森祐子の腹部を触診した。白い膚の下は全体に柔らかく異物も触れない。上腹部中央を強く押さえたとき、若干顔をしかめたが何も言わない。

「痛い？」

「今日は痛くないです」

このあと鳴海は聴診器を取り出した。

「胸はいいです」

有森祐子は言った。

「全部診察しないと誤診するぞ！」

鳴海は強く言った。祐子は両腕を胸に当てて乳房を隠して黙っている。鳴海はそれ以上説得しても始まらないと聴診器をポケットに収めて言った。

「一応今まで解った範囲では貧血がある以外心配なところはないからね。それで一応明日胃の検査を予定しているから、後で看護師さんが説明に来るから指示通りにしてください」

有森祐子はしたたかに黙っている。鳴海は内心憮然とし、腹を立てながら出て行こうとした。

「先生！」

有森祐子が呼び止めた。鳴海が振り返った瞬間、成熟した女を思わせる豊かな胸の膨らみがネグリジェの奥に透けて見えた。

「何だ？」

「明日、外出していいですか？」

「一体、何のために？」

「婦人科に行く日なんです」

初診のとき、彼女は月経不順で産婦人科に通っていると言っていた。清和会十全病院に産婦人科があれば院内併診で済むところだが、そこが鳴海には若干、不満だった。

「胃の検査が終わってからだな。看護師さんに言っておくから、外出許可書を貰って行ってください。気をつけてね」

鳴海は言って部屋を出かかった。

「そうそう君の家族歴を聞くのを忘れていた。ところで兄弟は？」

「一人です。兄がいたらしいけど生まれてすぐ死んだって……」

「お父さんは？」

「父はあたしが赤ん坊のときに死にました」

「病気で？」

「交通事故」

「おかあさんは病気は？」

「それはないです」

鳴海はカルテの家族歴の欄を埋めると、新しい入院カルテをパタンと閉じ、有森祐子の個室を後にした。これだけの病院が産婦人科を持っていないのは片手落ちだなと思いながら。


「先生、見ィーちゃった、見ちゃった」

遅い午後、職員食堂に入って行くと、師長の鈴木初代が鳴海をからかって言った。外来に出ているときは威厳のあるベテラン師長と言ったところだが、裏に回るとなかなかヒョーキンなところのある人だ。

「のっけから一体なんですか？　師長さん」

キョトンとして鳴海は目を白黒させた。

「先生、玉子焼き、おいしかった？」

「何だ。そんなことか？」

「そんなことか、なんて言っちゃっていいの？」

「別に」

鳴海は若干あのとき気になったが後の祭だった。ドアの視線は鈴木師長だったのだ。

「病院中で有名よ。若い人は良いわねえ」

自分で言い触らしたくせにと思ったが、ここが我慢のしどころだ。その手には乗らないぞと鳴海は自分に言い聞かせている。

「玉子焼きぐらいで大騒ぎされたんじゃあ、まあ身体がいくつあったって足りやしないさ」

「あら、そんなにむきになるなんて」

鈴木師長はニヤニヤ笑っている。

「別にむきになんてなっていない」

ベテラン師長のペースに乗せられそうだ。

「師長さん、解っていないなあ。あのとき俺と村上君は喧嘩していただけさ」

「喧嘩をするほど仲がよかったの？　ご馳走様！」

鳴海を適当にからかって喜んでいる。

そのとき鳴海の肩をポンと叩く人がいた。振り返ると村上和子が大きな目を輝かせて立っている。

「あらら、噂をすれば何とやら。若い人のお邪魔虫にならないように失礼します」

と言って鈴木師長は出て行った。

「嫌みね！」

言いながら村上和子は弁当を広げた。

「随分遅い食事じゃないか」

鳴海は言った。

「先生に合わせたの、なーんちゃって」

例のミッキーマウスの弁当箱には各種惣菜がカラフルに納まって、いかにも食欲をそそる。村上和子はプラスチックの茶碗を二つ並べ、備え付けのポットから熱いお茶を注いだ。

「オレ、今日は玉子焼き、要らないぞ！」

鳴海のぶしつけな物言いに、村上和子はさすがにムッとしたようだ。

「言われなくても今日は先生の分、ないんです。ごめんね」

言って、村上和子はウフフと笑った。そしていかにも美味しそうに持参の弁当を食べ始めた。鳴海は冷めた病院定食を平然と食べる。鈴木師長の一言でどこか歯車が狂ったみたいだ。

「例の子ね、クスリはやってないようだな」

鳴海が思い出して言った。村上和子がいみじくも言ったように強《したた》かさと退廃とを同時に宿したような子で、どこか危ない印象があった。きわどいところで踏みとどまっているということなのか。

「先生、早くもあの子の彼氏が入り浸っているの、知っていますか？」

村上和子が言った。

「彼氏が？」

「そう、彼氏がいるんです」

「何かの間違いだろう？　彼女は二階の個室で持続点滴しているから、そんなことは出来ないはずだ」

「それが出来るんです」

言って、村上和子は笑った。

「あの子の観察は沢山の目でやらないと本当の姿は見えてこないんですね」

「と言うと？」

「複雑な性格で、別のところでは全く別人になっている。しかも前の自分を覚えていない危険がある」

「推理小説みたいなことを言うなよ」

「あたし、真面目に言っているんですよ」

アハハと鳴海は笑った。

「先生は精神科医だったんじゃありません？」

「確かに内科医になる前は精神科をやっていたけれどね。内科医と精神科医の違い、解るかい？」

「また、あたしを馬鹿にして」

と言って村上和子はむくれた。鳴海は昔を思い出し、今は完全に内科医の目になっている自分に気づいて驚いている。

「あの子は二ヶ月に亘る悪心嘔吐、食思不振でやって来た。その原因を突き止めて治療することが内科医の役目なんだ。つまり、あの子の性格分析がその診断に役立つかということなんだ！」

「役に立たないって言うのね？」

「そんなこと一言も言ってない」

彼女が鳴海の手足になりたがっていることがハッキリしてくるにつれ、鳴海は若干気が重い。

「それで彼氏がいるって、どうして解ったんだ」

「診断に関係ないんでしょう？」

村上和子は逆襲に出た。

「いや、診断に役立つかも知れないからね」

鳴海は宥《なだ》めるように言った。とにかく彼女の観察は一応聞いておこう。

「それじゃあ、言おうかな」

「もったいぶらないで、全部吐いたら」

鳴海はからかった。

「外来待合室の中央左寄りに太いコンクリート柱があるでしょう」

「ある、ある。それで？」

「あの柱の南側は受付や通路から全然見えないんですね。あそこの長椅子は格好の待ち合わせ場所なんです。あの子は点滴スタンドを持ってきて、点滴しながら隣の彼氏にもたれかかっているんですよ。あんな患者見たことない。薬局からは丸見えなんですよ」

「どんな彼氏だった？」

「それが柱の蔭でよく見えなかった」

「丸見えだって言ったじゃないか。大げさだなあ」

「それは」

村上和子が言葉に詰まったとき、ドヤドヤと遅番の看護師数人が食堂にやってきた。二人を認めて彼女達はアッと言い、一旦座った席をヒソヒソ声でわざわざ離れたところに移動した。鈴木師長の言葉はどうやら本当のようだ。案外、今行けば二人がいるわよ！　とけしかけられてやってきたのかも知れない。

「あの人達、嫌みね！」

村上和子が小声で言ったが、言葉とは裏腹に満更でもない顔をしている。

「君達、ここにお茶のポットがあるぞ！」

鳴海が遠くから声をかけると、中の一人が恐縮してやってきて手早く持ち去った。まるで二人のための時間を邪魔しないように気を使っている、とでも言わんばかりの素早さで！

火曜の朝、鳴海は病棟回診前に放射線検査室に顔を出した。有森祐子をその日一番の予約に入れておいたからだ。有森祐子の悪心嘔吐や上腹部不快感は相変わらず続いていると看護記録に記載されていた。検査室の覗き窓の向こうには既に有森祐子が入っていて検査用ガウンに着替えて待っている。

「この人は何処が悪いんですか？」

操作台に座って待機していた放射線科の南野技師が言った。検査前に主治医が患者の症状を説明して、何処に重点を置くか決めるためだった。

「南野さん、昨日のカンファランスに出したあの患者ですよ。二ヶ月も悪心嘔吐が続いているという例の」

「ああ」

と言って南野技師は思いだし笑いをした。一見して悪いところがありそうにも見えないのだ。

「仮病じゃないんでしょうね？」

南野技師は笑った。

「嘔吐しているっていうのは間違いないね。看護師も直接目撃しているんでね」

「それではルーティーン検査で行きますけれど、妊娠は大丈夫でしょうね」

放射線の催奇形性を警戒して、妊婦の卵巣には極力放射線を当てないやり方は、この病院では先代大宮隆峰《たかみね》院長の時代から厳しく指導されている。

「それは大丈夫。月経不順で現在産婦人科通院中だ。今日の午後もそれで外出することになっている」

有森祐子の胃X線検査が始まった。手慣れた南野技師のマイクの指示に従って祐子は透視台の上で上になったり下になったりさせられ、その度に写真を撮られた。

「大した所見がないなあ」

モニターテレビを見ていた鳴海が言った。

「強いて言えば、軽度の胃炎というところでしょうか」

南野技師がそれを支持する意見を述べて、検査は終わった。透視台から降りて出てくる有森祐子のよく発達した肉体は、生理不順が不似合いなほど女性の匂いを発散させていた。

午後、詰所でカルテの記載をしていると、有森祐子が外出から戻ったと言って詰所に顔を出した。さすがに若干、大儀そうに見える。

「婦人科に行ってきたかい？」

鳴海は言った。

「ハイ」

有森祐子は短く言った。聞かれたことしか答えない女性は鳴海の最も苦手とするところだ。鳴海は穏やかに見えて、その実かなりせっかちな部分もある。

「返事は貰ってきたかな？」

有森祐子の説明を聞くより、一枚の診断書の方が手っ取り早い。

「それ、貰ってくるんだったんですか？」

有森祐子は大儀そうに言った。

「当り前じゃないか」

鳴海は思わず苛立ったが、ここが我慢のしどころだ。

「まあ、次に行ったとき忘れないようにね」

鳴海は優しい口調に戻って言った。婦人科的には大して問題がないのにそんなに大げさな手順を踏まなければならないんですかとでも言いたげに、有森祐子は不貞腐れた顔を鳴海に見せている。それは鳴海に対する甘えなのかも知れない。いずれにしても鳴海は未だ有森祐子の扱い方に困惑気味だった。

「それで向こうの先生、なんて言っていた?」

「別に……」

鳴海は黙ってその先を待っている。

「今度は二週間後に来なさいって」

二週間後と言えば、退院した後かも知れないなと鳴海は一人で計算した。確かに婦人科診察で、黙って次回の受診日を指定するだけで患者を帰す医者がいるのは事実だ。多分、有森祐子はありのままを言っているに違いなかった。妊娠でなければ診断には直接関わってこないから、詳細は退院後でもそれほど不都合ではないなと鳴海は考えた。

この日の夜、鳴海は当直に入った。久々に落ち着いた夜になりそうだった。夕方、末期肺ガン患者が亡くなった。これ以上の無意味な延命は止めてくれという家族の要請もあって暫く前から、苦しいときだけ鎮痛剤を投与することの繰り返しになっていた。昏睡状態になってから一週間、最後は静かに息を引き取った。遺体が運び出された後の鳴海の心の中は、大きな空洞が出来たようだった。残る七人の入院患者は概ね落ち着いている。後は有森祐子の確定診断がついていないことが気がかりだった。九時の消灯後、鳴海は暇な時間を持て余すように二階の病棟詰所に行った。仕事が残っていなかったわけではなかったが、未だ宵の口でベッドに入る気はしない。消灯前の点検で病室を回ってきた当直看護師が、有森祐子が眠剤を希望していると報告した。

「入院以来毎日だな、眠剤を希望するのは」

鳴海は彼女が何処かで眠剤を入手して常用しているに違いないと言う薬剤師村上和子の〈オンナの直感〉をあながち一笑に付せない気がしている。入院の初日から眠剤を要求する患者はやはり常用かそれに近い体験があると見るのが妥当だ。

「ネムール、5ミリを出して！」

鳴海は臨時処方箋を切って当直看護師に渡した。

患者に死なれた夜は、たとえそれが予期出来た死であっても鳴海の心の中には決まって荒涼たる風が一時吹く。当直室のベッドのなかで仮眠しながら、現実とも非現実ともつかない不思議な夢を見ていた。鳴海の目の前を行く死者達の長い行進を見送っている。遠くから聞き覚えのある唄が悲しげに流れてくる。

山の寂しい湖に
一人来たのも悲しい心
胸の痛みにたえかねて

どこかで聞いた唄だが鳴海は思い出せない。それが死者の行進と同じように、切れ目がなく繰り返されるのだった。

深夜、当直室の電話が激しく鳴った。

「すみません。お休みのところ」

当直看護師の低い声だ。鳴海はベッドの毛布の上でそのまま眠ってしまっていた。

「何だ?」

「213号室の有森祐子さんが行方不明なんです」

「そんな馬鹿な!」

鳴海は思わず叫び、眠気が去って行くのが解る。

「出口の鍵は掛かったままですから、外には出て行った気配はないんですが」

「トイレは？」

「二階のトイレには誰もいません。他はまだ……」

「解った。今、行くよ」

鳴海は起き上がり白衣を着けた。廊下に出ると、電話の看護師が懐中電灯を照らしながら詰所からやってきた。鳴海を認めると近づいて、

「他の患者さんは全員自分の部屋でおやすみになっていますけれど」

小声で言った。

「外に出た形跡さえなければ、院内のどこかにいるはずだから」

言ったが、さすがに気持ちの良いものではなかった。以前、深夜のトイレで首吊り自殺を遂げた患者がいて、下ろすのに往生したと聞かされたことがある。鳴海は守衛に電話を入れ、鍵が外されている窓やドアがないか緊急再点検を依頼した。

「我々は、一階、三階の患者用トイレを調べよう」

小さく言って、鳴海は先ず階段を上がった。しかし、三階にある患者用トイレは病棟の

外れと中央の三カ所とも無人だった。明りの消えた病室からは寝息が聞こえてくる。そのリズムは規則的で患者達が静かな眠りについていることを思わせる。

「寝るとき、変わった様子はなかったかい？」

「先生に言われて眠剤を渡しに行ったとき、彼女はベッドの中にいました。三時に検温の患者がいて前を通ったとき、ドアが半開きになっていたので閉めようとしたら、ベッドはもぬけのから、枕元のラジオは点けっ放し。トイレにでも行ったのかと思って、ラジオを止めて部屋を出ました。このあと隣の部屋を見て、最後に突き当たりのトイレを覗いたんですが誰もいなかった。戻って来るとき、もう一度部屋を覗いたんですがやっぱりいない。擦れ違った覚えはないし、一階や三階のトイレに行くはずがないと思ったとたん、ゾーッとして、先生に電話したんです」

どうやら看護師は恐怖心を抑えて必死に探したらしかった。自殺していたらどうしようと脳裏を過《よぎ》ったに違いない。

「三階のトイレは三カ所ともいなかった。この後一応、一階のトイレも点検しよう」

鳴海は言った。看護師と一緒にエレベーターで一階に降りると、ドアの前で守衛が待っていた。

「ドアはどうでした？」

「鍵は全部掛かっていましたね」

守衛が鍵の束をガチャガチャさせながら言った。

「これから一階のトイレを確認しますから」

鳴海が言った。分担を決め、再び二手に分かれた。鳴海と看護師は一旦正面玄関に出て待合室を通り、西の外れのトイレの点検を受け持った。そのときだった。

「あそこに人がいる！」

看護師が叫んだ。待合室の暗がりの中で何かが動いたのだ。恐怖を振り払うように懐中電灯をかざしながら看護師は暗がりを目指して勇敢に駆け寄った。その勇気に鳴海はさすがと感心する。

「先生、ここにいました！」

遠くで声がした。駆けつけると看護師の懐中電灯の光の中に夢遊病者のような朦朧とした目の有森祐子が浮かんで見えた。待合室の柱の蔭だ。

「有森君、こんなところで何していたんだ。駄目じゃないか！」

言って、鳴海は祐子の腕を取り、部屋に戻るように促した。そのとき何かを口の中でつぶやいたようだった。

「何て言っているんだろうね？」

　鳴海は隣で懐中電灯をかざした看護師に聞いた。

「お兄ちゃんが、って言ったみたい」

「お兄ちゃんがどうしたの？」

　鳴海は顔を覗き込んで言った。しかし、有森祐子は鳴海の腕の中で急に安心したようにぐったり眠ってしまったのだ。鳴海は抱き起こそうとしたがズッシリと腕に重みを受けて、看護師の助けを借りなければならなかった。

「先生、手が汚れています！」

　抱き起こそうとして祐子の手を取った看護師がびっくりして叫んだ。祐子の両手の平が一面にススとほこりで真っ黒だった。その手を鳴海の背中に回したから、鳴海の白衣の背にも祐子の手の痕がついている。

「一体、どういうことなんだ？」

　守衛がライトをかざしながら戻ってきた。

「院内にいて手が汚れる場所はあるんですかね？」

鳴海は年配の守衛に言った。

「こんな風に汚れるのは、旧棟の地下室の辺りしかありませんね。しかしあんなところに行くわけないし、何処でつけてきたのかな」

守衛は首を傾げていた。結局、祐子は三人がかりで部屋に戻したが、まるで大量の眠剤を飲んだあとみたいに眠り込んだままだった。

「明日、聞いてみよう」

祐子に毛布を掛けると、鳴海はほっと安堵の息をついた。四時を少し回って外は未だ真っ暗だった。

詰所に行き、鳴海は新しい白衣に着替えた。目が冴えて眠れそうにもない。看護師がお茶を入れている。鳴海は電話で叩き起こされる前の、現実とも非現実ともつかない不思議な夢を思い出していた。

「少し前、変な夢を見てね」

言って、鳴海はお茶をすすった。

「昔の古い唄が繰り返し流れて、それに合わせて死者の行進が目の前を延々と切れ目なく続いていくんだ。何処に行くかというと、どうもこの病院の敷地らしい。ペンペン草が生えているところから地下の坑道に入って行く。変な夢だったなあ。死者の中に顔見知りが何人もいて、軍隊調に手を振っているんだ」

「そんな夢見るなんて昼間のステルベン（患者の死亡）のせいじゃないかしら？　案外」

「そうかも知れない」

鳴海は、確かにそうかも知れないと思った。

「それでどんな唄だったの？」

「よく聴くやつだよ。カラオケで」

鳴海は記憶している頭の部分を口に出してなぞってみた。

山の寂しい湖に
一人来たのも哀しい心
胸の痛みに

「先生、その唄、有森さんのラジカセから流れていた唄ですよ。高峰三枝子の〈湖畔の宿〉」

「えっ、そうだったの？」

「かけっぱなしになっていたから、あたしが消したんですよ」

どうやら鳴海の夢は浅眠中に流れ込んだ昔の唄が潜在意識と呼応して不思議な場面を作り出したらしかった。こんなときはどこか疲れているに違いなかった。鳴海は当直室に戻ってベッドにもぐり込むと結局、朝まで眠ってしまったのだ。


「吐き気はどう？」

鳴海が言った。

「少し良いです」

「良く眠れた？」

「音楽をかけたから眠れました」

ベッドの中の有森祐子はケロッとしている。

「ゆうべのこと、憶えている？」

鳴海は眠気の残った頭で、一つ一つ確かめるように言った。

「それ、なんですか？」

「憶えていない？」

「ハイ」

「それなら良いんだ！」

どうやら有森祐子は夢の中で徘徊したらしい。その夢は一夜明けると完全に記憶から消失してしまっていた。

「音楽を流すと眠れるの？」

「何でもというわけじゃあないけれど」

手を伸ばし、枕元のＣＤプレイヤーの蓋を開けて、ＣＤを取り出した。ラベルに手書きで〈湖畔の宿〉と書かれている。

「この曲を聴くと眠れるんです」

「それじゃあ、眠剤はいらないね」

鳴海は笑って言った。

「やっぱりないと駄目です」

有森祐子は几帳面に答えた。眠剤を取り上げられると困るとでも思っているのだろうか。

鳴海は黙って笑っている。

「それにしても君は随分昔の唄を聴くんだなあ」

鳴海は十代の女性はロックばかり聴いて育っているものと思っていた。

「変ですか?」

「別に何聴いても構わないけれど、君のイメージとは全然離れているからねえ」

「ママが好きな唄なんですよ」

「それなら解るけれど」

「小さいころ、ママがいつも唄っていました」

「子守唄に?」

「さあ?　でも眠れないときよく流しておくんです。すると不思議に朝になっている」

静かに聞きながら鳴海は精神科時代、類似の話を患者の枕元で何度か聞かされたことを思い出していた。

「検査も進んでいるし、少しずつ症状も軽くなってきているようだね。今日の昼から軟食を出してみよう。まだ無理だったら残していいよ」

鳴海は言って、部屋を出ようとした。このときフト思い出して言った。

「お兄ちゃんって一体誰のことだい?」

「知りません」

有森祐子は無表情に答えた。


水曜の午後だった。どこの部署でも三時になるとお茶の時間になる。男性だけの内科医局は殺風景でデスクとコンピューターと長椅子以外これと言ってめぼしいものは置いていなかった。だから三時のコーヒーは他の部署で飲むことになる。この日は薬局と放射線検査室から誘いの電話が入ったが、薬局に行くことにした。深夜の一件を村上和子がどう思うか、その反応が知りたかったことと彼女の目撃した例の場所を薬局の中から素透しの窓を通して確かめておきたかったのだ。

「夜中、有森さんが行方不明になったんですってね」

村上和子がコーヒーを入れながら言った。

「えっ、君達にもう情報が伝わっているのかい？」

鳴海はその早さに驚いて言った。出鼻をくじかれて戸惑いながら、何から切りだそうか作戦を考える。

「ここは清和会十全病院情報センターって言われていますからね」

村上和子は満更でもない顔をしている。

「いくつ?」

角砂糖の数を聞いた。鳴海は、

「三つ!」

と答えるが、村上和子は必ず一つ減らして入れる。糖分の摂り過ぎだと余計なお節介を焼くのだ。それを他の後輩薬剤師達が黙って見ている。この薬局は若い独身女性三人で担当しているから、鳴海がびっくりするかなんていう、どうでもいい賭けをやって気晴らしをしているのだ。

「大した事件じゃなかったんだが」

鳴海はコーヒーを一口飲んで一息入れる。

「解せないことが二、三あってね」

「その一は?」

リーダー格の村上和子が言った。

「行方不明だと思っていたら、そこの待合室の暗がりにいたんだ。それで、あの辺りかい?　君が彼氏といる現場を目撃したのは」

鳴海は深夜有森祐子を発見した場所を指した。

「そうです。あの辺りです」

「実はゆうべもあそこにいたんだ」

「彼氏と?」

「いや、一人で、夢遊病者のように虚ろな目をして長椅子に座っていた」

「そのどこがおかしいの?」

「おかしいのは、そのときお兄ちゃんが、って口走ったことなんだな。もちろん、側には誰もいなかった。守衛さんも鍵を確認してくれて、深夜人が出入りした形跡はないことは間違いない。しかも本人は朝になったら、全く憶えていないんだな。これが第一の疑問」

「その二は?」

「第二の疑問は、彼女の両手の平が一面真っ黒に汚れていたんだ。守衛さんの意見でも院内でこんな汚れ方をする場所は、地下室ぐらいで人の行くところではないと言っていた。消灯時間にベッドに入ったはずなのに発見されたときは何で両手が真っ黒に汚れていたのかなんだ」

「第三の疑問は?」

「これはたいして重要な所見でないかも知れないが」

鳴海はコーヒーのお替わりを要求した。

「あの子は古い歌謡曲を流しながら、眠るらしいんだ。それも、高峰三枝子の〈湖畔の宿〉じゃないと眠れないと言う。十八歳の子守唄が〈湖畔の宿〉なんて、なんだかミステリー小説じみていないかい？　症状といい、奇怪な行動といい、どうも俺には解せない」

言って鳴海は村上和子の反応を見た。彼女は珍しく黙っている。

「誰かが入ってきたのと違います？」

一番若い石井さゆりがことも無げに言った。

「しかし、全ての出入口には鍵が掛かっていたんだ」

「だって、お兄ちゃんが、って言ったんでしょう？」

「有森祐子が呼び込んだって言うんだね？」

鳴海が言い替えた。

「何処かの窓を開けて呼び込み、帰ったあと、そ知らぬ顔して締めておいたとは考えられません？」

「しかし、両方の手の平はどうして汚れたんだ？」

「わざとやった」

「何のために？」

「それは」

と言って、石井さゆりの推理はそこで行き詰まった。

「先生、言っていいですか？」

村上より二歳年下の川本晴美が言った。彼女は村上和子と違ってあまり憶測では喋らない慎重な人だった。何かひらめいたのか。

「何？」

「先生は一つ、見落としていると思うんです」

「と言うと？」

「守衛さんは、あんなに手が汚れる場所は院内では地下室しかないって言ったそうですね」

「確かにそう言っていた」

「つまり有森さんは、寝惚けて地下室に下りて行った可能性はありません？　お兄ちゃんに会うために」

鳴海はなるほどと思った。

「良いぞ良いぞ。それで地下室のドアのノブを回しているうちに両手が真っ黒になったっていうわけだね」

輪郭がある程度見えてきたようだった。川本晴美の仮説に立つと第一の疑問と第二の疑問が一挙に解決する。有森祐子はそのあと寝惚けたまま待合室の例の場所に戻ってきて夢の中の〈お兄ちゃん〉とデートしていたということか。

「例の〈お兄ちゃん〉だが」

鳴海は改まって言った。

「君達三人の中で〈お兄ちゃん〉の顔を見た人はいるかい？」

「あたしは点滴スタンドを引きずって来て、彼女があの柱の辺りで座っていたのは何度か見ています。でも隣に人がいるのは気がつかなかったなあ」

石井さゆりが言った。

「川本晴美君は？」

「気がつかなかったなあ！」

「すると男を目撃したのは村上君だけ？」

「それがどういう人かって聞かれると私にも」

村上和子は声を落とした。

「何だ。大きな目をして何でも見えるのかと思ったら」

鳴海はからかった。村上和子が記憶があやふやなのは知っていたが、別格扱いはこの際禁物だった。鈴木外来師長が、例の〈玉子焼き〉をばらして以来、薬局の石井さゆりも川本晴美も気のせいか何処か前と違う。

「村上君、お喋りの君が久々に黙っている。これは何か君の口から重要な発表がある前触れに違いないと見たんだが」

鳴海は本音とも冗談ともつかないことを言った。

「鳴海先生、気を使わなくっても良いんですよ」

言って、村上和子はウフフと笑った。

「別に気を使っているわけじゃない。村上君の類希《たぐいまれ》な洞察力に期待しているんでね」

「本当かしら？　目が笑っている！」

「俺は笑いながら本当のことを話す人間なんだ」

石井さゆりと川本晴美がクスクス笑った。

「また、あたしを馬鹿にして」

村上和子が笑いながら、何か言いたそうにしている。ややあって、

「呪われています！」

と唐突に言った。

「えっ？」

「呪われていますね」

「誰が？」

「全体としてこの病院が」

皆、ドッと笑った。

「だから言いたくなかったの」

村上和子はムッとふくれた。

「いやあ、君の直感は当るときは大当りするんだ。貴重な意見として、この際拝聴しておくことにしよう」

「また、あたしを馬鹿にして」

そのモノ言いは言葉と裏腹に村上和子の自信のほどを感じさせた。

入院一週間もすると当面の検査データーは出揃った。軽度の貧血に尿所見で若干、赤血球を認めた以外全て正常範囲だった。内分泌疾患が隠れているといけないから一応いくつかのホルモン類を測定したが、これらも全て正常範囲におさまっていた。可能性としては何かの薬を隠れて常用していることが一番考えられる。美容師見習いだから仕事で入手出来る薬品が疑わしいが、有森祐子は当然否定した。薬物常用説は入院後、若干症状が改善したことでも間接的に裏付けられている。治療を求めて入院した以上、看護師の目を盗んで服用し続けることは難しいものだ。

入院二週目の月曜日、新患カンファランスがはねた後、佐々内科部長が鳴海をつかまえて言った。

「鳴海君、例の二ヶ月以上吐き気が止まらない女の子、その後どうしたかね？」

どうやら彼も気になっていたらしい。

「検査ではハッキリしません。何かクスリをやっていると睨んでいるんですが」

「吐き気は？」

「相変わらず続いていますが、嘔吐の回数は明らかに少なくなりましたね」

佐々は黙って文献を渡した。

「先週、僕がちょっと触れたが、よく似たケースがアメリカの消化器病学会誌に載っていたのを見つけたんで持ってきたよ。参考になるといいんだが」

さすがと鳴海は感心した。日常診療に振り回されて、どうしても文献に当ることが疎《おろそ》かになってしまうのだ。鳴海は有り難く受け取った。原因不明の嘔吐を繰り返している十九歳女性の一症例で、見開き半ページに四葉の頭部ＣＴ写真が並んで掲載されている。写真のいずれも脳室が大きく拡大している。最終診断は特発性交通性水頭症となっている。

「こういうことも、あるからなあ」

鳴海は深いため息をついた。何らかの原因で脊髄液の還流が阻止されると、脳室内に脊髄液がたまって脳を圧迫する。このとき脳圧こう進症状として悪心嘔吐が出現するが概して症状は長期に亘って持続するものだ。このケースでは、脊髄液を腹腔に送り込むシャント術を行って、減圧し約八ヶ月で症状が消失したとある。万一、同一疾患だったら有森祐子の人生を左右しかねない重病に違いない。

「一応、頭部ＣＴを今週の末に予定していますけれど、気をつけないといけませんね」

鳴海は言った。

「いや、こういうこともあるという意味で、念のため」

佐々部長は穏やかに言って笑った。


結局、有森祐子は頭部CT検査でも異常は見つからなかった。この間、なんとか普通食を半分程度、摂取出来るまでに回復した。消灯前、詰所にやってきて眠剤ネムールを要求することはあっても、それで眠れないと言ってくることはなかったようだ。そのかわり深夜〈湖畔の宿〉をつけっぱなしにしていることが多かった。二、三回姿を消したことはあったが、待合室に行くと決まって暗がりに虚ろな目をして座っていて、言われると素直に戻って寝ていた。

入院三週目の土曜日、鳴海は母親の有森孝子と有森祐子をセットにしてカンファランスルームに呼んだ。シャーカステンに頭部CT写真を掛けながら、

「そういうわけで可能な限りの検査をやったんですが、軽度の貧血と尿に若干、赤血球が認められる以外、異常所見がありませんでした。この二つの所見は悪心嘔吐の原因とは考えられませんが」

「異常がなくて二ヶ月も吐いたりするんですか?」

母親の有森孝子が不満げに言った。

「だからこのように頭のCT写真まで撮って調べたわけで、それでも異常所見がなかった。これはむしろ祐子さんにとって喜ばしいことで」

「院長先生はご存知ですか？」

明らかに若い鳴海が主治医になったことが不満なのだ。

「一応、私が主治医ですが、この病院のシステムとして医療スタッフ全員で毎週月曜検討会をしています。有森さんの診断と治療は大宮院長はじめ、全員で合議の上で決定しておりますので」

ここまで言って鳴海は些《いささ》かうんざりした。

「さいわい、症状も入院時に比べ改善していますので、外来に移って経過をみればいいと思いますが」

母親の有森孝子は問題がないと言われた祐子の頭部CT写真を不満げに見ている。

「悪くなったら、また入院させてもらえるんですか？」

「それはどうぞ！」

鳴海は言い加減お引き取り願いたいと心中思っている。

「祐子、どうする?」

娘の方に向き直って有森孝子は言った。

「親としてはこの際徹底的に」

母親はまるで解っていないのか、あるいは解ろうとしないのだ。鳴海はもはや言葉がなかった。暫く沈黙が続いて、

「退院する?」

母親の有森孝子は決心がついたように言った。

「うん」

ようやく祐子の決断がついたようだ。

「来週の月曜なら」

祐子がポツリと言った。鳴海は二、三日の変更は構わないと言った。患者の中には大安がどうの、仏滅がどうのと言う手合いがいて、あまり理屈で割り切ってもどうかと鳴海は思っていたからだ。こうして診断に難渋した有森祐子の退院は一応週明けの月曜日に決まったのだった。

週明けの月曜日、有森祐子は保険会社に出すから診断書を書いてくれと言って用紙を医局にもってきた。鳴海は診断名にちょっと迷ったが、次のように用紙の頭から記入した。

有森祐子　殿

昭和＊年＊月＊日生まれ（十八歳）

診断名　自律神経失調症、急性ストレス性胃炎

入院時の症状及び入院後の経過　二ヶ月来の悪心嘔吐、食思不振にて＊月＊日緊急入院。諸検査にて中等度の貧血及び尿潜血陽性を認め、胃XP検査にてストレス性胃炎を認めた。入院後点滴及び安静により症状改善をみた。今後外来通院を要す。

鳴海は末尾にサインし、印鑑を押した。

「一応、自律神経失調症、急性ストレス性胃炎としておいたからね」

「はい」

祐子は退院と決まってむしろ元気が出たようだ。

「ついこの間入院したと思ったらもう二十四日目になるんだね。驚いたなあ」

問題の親子とは思ったがいざ退院して行くとなると鳴海は一抹の寂しさを覚えるから妙なものだった。病院のネーム入り封筒に納めて封をし、祐子に渡すと鳴海は言った。

「この後、外来で経過を診るから通ってください」

有森祐子はうなずくと、そのまま医局を出て行った。


鳴海の不吉な予感は有森祐子が退院して二週間も経たないうちに的中してしまった。その夜、当直医から自宅に電話が入って、

「先生の患者が救急車で来ましたので、緊急入院させました」

と言った。

「誰ですか?」

「有森祐子さん、十八歳の女性です。先生にかかっていると言うもんで、先生の空きベッドに入れました。悪しからず!」

大学から交替でやってきている当直医だ。

「症状は?」

「下腹部痛です」

「悪心嘔吐は？」

「それはあまり強くないです」

鳴海は有森祐子の病歴を説明し、当直医に当面の緊急指示を与えた。診断がハッキリしないまま退院させたことが悔やまれる。あれだけ長期の悪心嘔吐があったんだからどこかに異常があったに違いない。鳴海は母親の有森孝子の顔を思い出して、憂鬱になった。

翌日、鳴海は病院に到着すると、白衣に着替え、二階の詰所に浮かない気分で直行した。

「鳴海先生！」

祐子の病室から出てきた看護師が呼んでいる。

「有森祐子さんが今朝、大出血しました。多分１０００ccはあると思いますが、シーツが血だらけです」

鳴海は咄嗟に青ざめ、看護師の顔を見つめた。

「彼女はどんな顔をしている？」

「ケロッとしていますよ」

言って、看護師は笑った。その笑顔を見て、

「えっ、そうだったの！」

鳴海は大声で叫んだ。

「やられた。見事にやられた！」

鳴海の気負った肩から力が抜けていく。

「シーツを替えて、今休んでいますが」

鳴海はその足で部屋を覗き、詰所に戻ると早速、地区の産婦人科病院に連絡した。まもなく救急車が手配され有森祐子は担架で運ばれて行った。

鳴海が回診の準備をしていると、母親の有森孝子が血相を変えてやってきた。

「大出血したって連絡があったもので」

詰所の入口で鳴海を認めると言った。

「お母さん、祐子さんは今朝、下から大出血を起こしましてね。今地区の産婦人科に行ってもらっています。間もなく向こうから連絡が入ると思いますので、暫くお待ちを」

言って鳴海が他の患者の回診に出ようとするかしないかのうちに詰所の電話がけたたましく鳴った。有森孝子はドキッとしたようだった。鳴海は悠然と受話器を取った。

「内科の鳴海です。緊急でお願いして恐縮です。有森祐子さん、如何ですか？」

　鳴海は言った。この後、受話器の向こうで長々と説明する声が続いて、鳴海は時々うなずき、時に質問した。鳴海は受話器を置いた。詰所に居合わせた看護師と、有森孝子が鳴海の報告を待って沈黙した。

「有森さん、祐子さんは妊娠ですよ！」

　鳴海は冷たく言った。

「そんな……」

　言って有森孝子は絶句し、詰所の鳴海ににじり寄った。まるで未婚の娘を妊娠させた男は鳴海当人だと言わんばかりに！

「祐子さんは婦人科に通っていましたね。あのとき既に人工流産をやっていましたが、経過がよくなかった。搔爬《そうは》ミスでどうやら子宮内膜の一部が残っていたようです。詳しいことは返事が書面で来ますから。いずれにしても祐子さんは元気にしていますので、間もなく戻って来るでしょう。心配なら向こうの先生に直接伺ってみることをお勧めします」

　鳴海の喋っている間、有森孝子はほとんど無言だった。看護師達は、黙ってそれぞれの仕事に散って行った。詰所には鳴海と有森孝子が残った。有森孝子は手にしたハンカチを小鼻に当て泣いているようだった。

「これで二ヶ月以上続いた悪心嘔吐はなくなりますよ。おかあさん」

言って鳴海は黙った。女性にとって余計な一言にちがいなかった。暫くじっと耐えた後、

「どうして家《うち》はいつもこうなの?」

言って有森孝子はおえつで身体を震わせた。


「マンマとやられちまったね!」

古参の花岡が笑って言った。

「女の自己申告なんて当てにならないからね。都合が悪くなればなんとでも嘘をつきとおす。これが女の性《さが》だ」

「先生、もしかすると女性にだまされたことがあるんじゃないでしょうか?」

村上和子が笑いながら花岡に逆襲した。

「いや、一般論だ、一般論!」

年配の花岡がムキになって否定したことでみんな笑っている。診断がハッキリついて、迷宮入り寸前の事件が解決したみたいな、ホッとした表情だった。

「ゴナビス反応をみれば一発だったんだがね」

佐々部長が言った。

「月経不順で産婦人科にかかっている。妊娠はしていないと言う彼女の説明を真に受けたのがそもそもの間違いでした。それに胸部聴診を二度拒んだとき、これは変だと気づくべきでした。ニップルの色素沈着を見れば、妊娠は明らかですからね」

鳴海は率直に誤りを認めた。

「それにしても院長がちょっとでもアドバイスしていれば、この種の間違いは起こらなかったはずだ！」

と言った花岡の苦言をみんなはオヤッという顔して聞いていた。

今となっては、だまされて診断書を書かされたことが鳴海には納得できなかった。このまま放置して良いものか、鳴海は院長室に大宮嗣彦院長を訪ね、事の顚末を説明した。

「私は虚偽の申告に基づいて偽の診断書を書かされたわけで、これは問題だと思うんですが」

院長は鳴海の説明に黙って聞き入っていたが、

「それではどうすればいいんだね」

と反対に鳴海に意見を求めて来た。

「つまりあの診断書で休業補償を受けたなら、私が知っていながら保険金詐欺に荷担したことになる！」

「しかし、今更そうは言ってもねえ」

院長は一言言うと鳴海を後に残して部屋を出て行った。

第二章　探索

有森祐子は地区の産婦人科で適切な処置を受けると、一週間足らずで見違えるほど元気になった。二度目の退院の日、母親の有森孝子は医局にウイスキーの包みを持って鳴海を訪問した。

「いろいろとお世話になりました。ところで院長先生はいらっしゃらないんですか？」

と言って疑い深い目付で壁の方を見た。その向こうは院長室だったが、人のいる気配はしない。

「院長は先週からヨーロッパへ視察旅行に行って留守です」

「お帰りは？」

「週明けには帰ると思いますが、確かなことは事務でないとちょっと解りかねます」

鳴海は丁寧に言った。何事につけ主治医の鳴海を飛び越して、院長、院長を繰り返す母親の不遜な態度は、診断が確定した今でも変わらない。

「それでは、これを院長先生にお渡しくださいませんか？」

母親はバッグから小さい紙包みを取り出した。

「院長に渡せばいいんですね？」

「きっとお渡しください。忘れないでね！」

鳴海はうなずいた。母親は一旦帰りかけたが、忘れ物でもしたようにすぐに戻ってきた。何か聞きたそうにしている。

「お若い貴方に聞いても無理かも知れないけれど、この病院に昔、産婦人科の平野先生がいらしたの。今、何処にいらっしゃるか、ご存知？」

「産婦人科ですか？　さあ？　それは随分以前の話と思います。私にはちょっと解りかねますが」

「そうでしょうね。産婦人科があったのは随分前のことでしたから、若い貴方には無理ね」

言って母親はちょっと聞いてみただけとでも言いたげな顔を作り、相変わらず人を小馬鹿にしたような態度で帰って行った。

母親が帰った後、鳴海は意外に軽い小箱の中身が気になって、ちょっと振ってみた。するとカタカタ鳴って、中身は箱の中で位置をかえたようだった。〈タイピンかな？〉と鳴海は一瞬思った。そして自分に渡されたウィスキーの包みと一緒に、院長宛のその包みを医局のロッカーの奥に無造作に放り込むと、そのまま忘れてしまったのだった。


「これで一件落着ですね」

鳴海の後輩の山本太郎が言った。彼は祐子が入院してきた最初の新患カンファランスで、妊娠を疑う控え目な発言をしていたのだ。鳴海の診断にも人間臭い手落ちがあるのを知って案外親しみを感じたようだった。一方、鳴海はというと浮かない顔をしている。

「一件落着ねえ？」

確かに有森祐子の二ヶ月以上続いた悪心嘔吐の原因は彼女の妊娠にあったことはハッキリした。しかし鳴海にはそれでも腑に落ちないことがあった。うまく言葉では言い表せないが、有森親子がこの病院にやってきて以来、何処かこの病院全体に落ち着きがなくなっている。そしてそれは、退院して行った今も尚季節外れの風鈴のように何処かで鳴っているのだ。院長の態度も気のせいか何処か落ち着きがなくなってしまった。村上和子の言う、病院全体が呪われています、ということなんだろう。とにかく新たに生じた疑問は一つずつ解決していかなければならない。

月曜の朝の新患カンファランスがはねた後、鳴海は古参の花岡顧問に声を掛けた。

「先生は、ご存知かと思いますが」

「何だね？　この病院のことでわしが知らないことは誰に聞いたって知らないに決まっている」

花岡は得意顔になった。オーナー大宮家の親戚筋の一風変わった人物で、胡蝶蘭の栽培に情熱を燃やしている、根っからの趣味人だ。

「この病院には以前産婦人科があったんですか？」

先週のカンファランスで花岡が何か気になることを言ったが、案外このことを言ったのかも知れないと鳴海は思ったのだ。

「おう、それそれ。先代院長が産婦人科医だったんだ。二十年前は当清和会十全病院が県内で一、二を争う分娩数だった。それに先代院長は優れた臨床家だったが研究にも熱心で、県の産婦人科学会を主宰したりして、それは隆盛なものだったな。君の誤診は当時だったら考えられないものでね。感慨深かったよ」

古参の花岡顧問は歯に衣を着せず言った。

「その頃、産婦人科に平野先生っていう方がおられたと聞いたんですが？」

「平野先生？」

花岡は一瞬不審そうな顔付になったが、続いてニコッと笑った。

「おお、平野ね。その平野は今の院長のことだよ！」

「えっ？」

鳴海は驚いて声を上げそうになった。

「今の院長は旧姓平野と言ってね、先代の次女と結婚して大宮姓を名乗ったが、当時は大学から出向してきた若い産婦人科医だった」

花岡の話では、当時産婦人科医としてこの病院に出入りしていた独身の平野はやがて先代の目に留まるところとなり、先代の次女と養子縁組をして入り婿になったという。平野は一旦、大学に戻ってから、内科を勉強し直し、先代の引退に伴い産婦人科はまもなく廃科になったという。つまり若い産婦人科医平野嗣彦は、内科医大宮嗣彦として生まれ変わり、七年前院長になったということだった。

「当時は産婦人科を閉鎖するのは随分惜しまれたものだったが、先代にしてみれば自分が引退した後、衰退していく産婦人科の姿を見たくなかったんだろうね。あんなに隆盛を極めた産婦人科だったけれど、時が経ってしまえば、そういうことがあったことさえ忘れられてしまう。これは寂しいことだよ、鳴海君！」

花岡は目頭に手をやった。

「何で内科に？」

鳴海は言った。

「将来の病院拡張を見込んで、自分が内科医になっていた方が何かと好都合と考えたんじゃなかろうか？　その辺のことはわしにはよう解らんが」

花岡は窓の向こうを見つめた。明るい海が見え、港を横切る真新しいベイブリッジの上には車の列が切れ目なく続いている。

「先代院長は学究肌の人物で、珍しい標本も随分集めていたなあ。専攻はわしが外科、先代が産婦人科、と違っていたが確かに当時はうちの産婦人科は一世を風靡している観があった。うらやましかったね。医局から若い先生方が大勢来ていたしね。まあ今の院長もその中の一人だったたってわけだ」

「その標本はどうしたんですか？」

鳴海は好奇の眼差しで言った。

「まだ、あるんじゃないの？」

花岡の返事は意外だった。

「何処に？」

「地階の倉庫があるだろう。今では我楽多ばかり突っ込んであるコンクリートの打ちっぱなしの部屋が」

「階段を降り切ったところの？」

「そうそう。あそこで昔はオペや分娩をやっていたんだな。あの部屋の北の隅にドアがあってその向こうの階段を二、三段降りると、そこの地下室が当時標本室になっていたんだ。あのまま閉鎖したはずだから、今もそのままになっているんじゃないの？　あるとすればあそこしかない」

鳴海は一度蜘蛛の巣の張ったその部屋のドアの前まで行ったことがある。医局に新しいソファーを入れたとき要らなくなった旧型ソファーを事務の連中と引きずって行ったのだ。不用になったということもあって邪険に扱った拍子に、その旧型ソファーが突然摩滅した石の階段を滑って、奇妙な女の叫び声のような音を立てたのだった。そのときだった。頭の上でバタバタ何かが飛び立つ音がして、続いて逆光の中でほこりがもうもうと立ち込め、鳴海は思わず息を殺し目を細めたが、あのとき薄暗がりに〈手術室〉と書かれたホーロー引きの表示が見えたのを鳴海は微かに憶えている。こうもりですよ！　と言った事務員の何気ない言葉で鳥肌が立ち、鳴海はソファーの残骸を扉の前に積み上げると早々に引き上げてきたのだった。

「一度入口のところまで行ったことがありますけれど、薄気味悪かったなあ！　あそこが昔の手術室だったんですか？　中に入ってみればよかった」

「結構広い部屋だが、倉庫代りになってしまって、今では開かずの部屋だな」

鳴海はこの病院の過去の一端に触れて、若干厳粛な気分になった。今の清和会十全病院は、洒落た造りの近代建築に生まれ変わっていて、目に触れる視角からは清和会十全病院の一部に古い建造物が残っている風には見えない。

「その標本を先代が廃棄処分にした可能性は？」

「わしはそれはないと思うよ。先代は何よりも研究熱心だったからね。とにかく資料館としても他に負けないくらい充実していた。先代の自慢の一つだったからね」

特に奇形児や奇形臓器の病理標本を中心に集めて、晩年は薬物の催奇形性について研究していたが、先代は志半ばにして胃ガンで亡くなったと言う。その後、先代院長からの懸案だった病院の増改築をやったとき、古い基礎の一部を残して旧棟は閉鎖され、陰気臭い地階は我楽多置場になっていたが、今ではすっかり人が近づかなくなっているという。産婦人科医平野嗣彦の消息を知ろうとして、ひょんなことから古参の花岡顧問は思いがけない裏話を鳴海に語って聞かせたのだった。有森祐子の母親は、平野産婦人科医の消息を知るために大宮院長に会いたがっていたんだろうか？

「院長先生ですね？」

病院正面玄関で待っていた有森孝子が後ろから呼び止めた。呼ばれた院長が振り返った瞬間、有森孝子は近よって長身の院長のゴルフ焼けした顔を食い入るように見つめていた。びんの辺りに白髪が混じって見える。

「やっぱりそうだわ！」

「院長の大宮ですが何か？」

大宮嗣彦は怪訝そうな顔になった途端、心なしかアッと小さく叫んだようだった。

「有森祐子の母親でございます。三度も先生にお世話になるなんて、何という、因縁、奇縁でございましょうか？」

「三度も？　二度じゃなかったですかね？　何せ患者さんが大勢なもんでね。忘れてしまって申し訳ない。有森さんだったね。まあいろいろあったが、娘さんは無事退院出来てよかった。お大事になさい！」

それだけ言うと大宮院長は無表情になって、院長室の方に歩き始めた。有森孝子が黙ってぴったりと寄り添ってついてくる。院長室のドアのところで大宮院長は、

「それではこれで！」

言ってうつむき加減に院長室のノブに手を掛けた途端、

「嗣彦さん！」

有森孝子が後ろから詰《なじ》るように呼んだ。

「貴方、平野嗣彦さんでしょう！」

ちょうどそのとき、書類を手にした鳴海が院長に会いにやってきた。有森孝子が目ざとく見つけて鳴海に黙礼した。

「何だね？」

院長は鳴海の方を向いて言った。

「先生、お忙しいようですから私、後ほど伺います。一応、今日中に印鑑を戴ければいい書類ですので」

鳴海が気を利かせて言った。

「いや、鳴海君。いていいよ。すぐ帰る人だから」

その一言で、有森孝子の顔色が変わった。

「そう、ヨーロッパ視察旅行から帰られたばかりのお疲れの院長先生から、お時間をたくさん戴きたいとは申しません。でも昔を思い出してくださらないで、このまま帰るわけにはまいりません」

有森孝子のモノ言いは次第に感情的になって、廊下を行きかう職員に不審に思われかねない。これ以上の廊下での立ち話は危険だった。院長は有森孝子を、続いて鳴海を院長室に呼び入れた。

「鳴海先生、ちょうど良いとき来てくださったわね。祐子の退院の時、先生にお願いしたもの、院長先生にお渡しくださった？」

有森孝子が言った。言われて鳴海はすっかり忘れていた有森孝子からの預かりモノを思い出した。タイピンのような小モノが納まった小箱の贈物で、確かにあのとき、きっと渡してくれって念を押されたのを憶えている。

「いや、実はすっかり忘れてしまって、ロッカーの中に置いたままです。すみませんでした」

「そうでしたの。鳴海先生はお忙しい方ですから、他意があるとも思えません。それでは今持ってきていただけますか？」

「それはすぐに出来ますけれど」

鳴海は院長を見た。

「鳴海君、有森さんからの預かりモノというのをすぐに持ってきたまえ！」

言われて鳴海は隣の医局に取りに行った。院長の表情は確かにいつもと違うようだ。旅行惚けとも違って、二人の間には何か鳴海の窺い知れない重い過去が隠されているような雰囲気だった。しかし、それならなぜ院長は鳴海の同席を許したんだろう。それもまた不思議で鳴海の考えすぎかも知れなかった。

大宮院長は鳴海から手渡された小箱をデスクの上に置いた。有森孝子と鳴海は中央の応接セットのソファーに座ってじっと院長の手元を見ている。鳴海のところから良く見える角度で院長は手元の包みを開いた。中から出てきたのは、タイピンではなくて脱脂綿にくるまれた黒い紐状の異物と一枚のCD、それに小さく折り畳まれた便箋のメッセージだった。院長はざっと一瞥してから、便箋を広げじっと文面に食い入るように見つめたのだ。

平野嗣彦　様

お久振りで御座います。娘祐子を連れて、何年かぶりで、この病院を受診した時、貴方にお会い出来るかも知れないなんて、想像さえしませんでした。産婦人科は、今ではやっておられないとのこと。当然、産婦人科医の貴方がいらっしゃるとは、考えの及ばないことでした。

しかし最初の日、廊下でお見かけした時の、貴方の慌てぶりが並ひと通りではなかったことが、私の心に引っ掛かってなりませんでした。貴方はあのとき、内科診察室に入って行かれた。内科の大宮先生で、この病院の院長先生だと、看護師さんに聴かされ、貴方の弟さんかも知れないと、自分に言い聞かせ、心の動揺を押えようと必死でした。そうしながらもう一方では、お声をかけてくださるのを、切ない思いでお待ち申し上げておりました。〈でもやはり貴方に違いない！〉あのときの、貴方の得も言われぬ狼狽ぶりが、私にそう確信させたのです。こんな切ない気持ちを、味わうなんて、娘の入院まで、少しも考えたことは、御座いませんでした。しかし、貴方は二度と私の前に姿をお見せにならなかった、まるで私達親子をお避けになっているように！

祐子には、父親は交通事故で死んだと、教えてきました。でも近頃の祐子は、自分の誕生が祝福されなかった、自分の存在は、誰からも待たれていなかったことを知って、自分の存在を呪い、自分を傷つけることにしか、生きがいを感じない、自虐的な娘になってしまった。

お願いです。たとえかなわぬことでも、十八歳の女に成長した祐子を、貴方の心の片隅に、我が子として、そっと宿してくださいませんでしょうか！　そうすれば、祐子の自虐の呪いも、いつか吹っ切れて幸せになれるに違いないと、私は思うのです。今更、貴方の生活を、どうこうする気はなく、ただ十八年間大切にしまっておいた、臍帯《さいたい》を、今後貴方の手元に置いてくださるなら！

有森孝子より

「一応読ませて貰いましたが……」

院長は便箋を折目に沿って畳みながら、二人にコーヒーを勧めた。

「貴方のお話ですと私は貴方にお会いしたことがあったんですね。二十年近く昔のことで、すっかり忘れてしまいましたが、よく記憶されておられましたねえ。そうでしたか、そうでしたか」

取って付けたような院長のモノ言いは、シラケ切って空廻りするばかりだ。

「まあ、コーヒーでも飲んでゆっくりしていってくださいよ。祐子さんの主治医の鳴海君もいることだし。今後の相談をされると良い」

院長のモノ言いは明らかに何か理由を見つけて席を立ち、後は鳴海に任せようと考えているものだった。

「何分にも昔のことですから、お忘れになっているかも知れないと思いましてね。テープを入れておきましたの。どうぞお聴きなさってくださいまし」

有森孝子は声を殺して言った。言われて大儀そうに院長はデスクの上のプレーヤーにCDを装塡した。流れてきたのは会話ではなくて、意外なことに祐子が入院中、度々深夜に流していた〈湖畔の宿〉だった。院長はすぐにスイッチを切って言った。

「この曲は高峰三枝子が歌って戦後の一時期随分ヒットしたものだったね。我々の世代にとって懐かしい曲の一つだよ、鳴海君」

それから有森孝子の方に向き直って言った。

「暇が出来たらゆっくり聴かせてもらいますよ」

「お嫌ですか？　今お聴きになるのは」

「いや別に」

「それでは先生、おかけになって！」

院長はスイッチを再び入れたが、ボリュームを絞って聴くまいとしている。その駆引きは明らかに二人が過去の何かを引きずっていることを鳴海に確信させた。

「院長、私は席を外しましょうか？」

「鳴海君、それには及ばないよ」

院長はじりじりしている。

「院長先生！　この曲をお聴きになって何かを思い出しませんこと？」

「昔の雰囲気を漠然と思い出すね」

「そう、私はもっと具体的で、生々しい思い出が出てきますわ」

「まあ女性と男性では、そういうものの印象が随分違うということだろうね」

有森孝子はコーヒーを飲み干すと、意を決したように言った。

「この曲を聴くと、私は貴方と泊まった支忽湖畔の宿を思い出すんです。枕元まで水際が迫っていて、まるで寝床が水浸しになるような錯覚に因われて！　祐子はこのとき出来た私達の愛の形見だったのよ」

有森孝子は勝ち誇ったように言った。院長は憤然と立ち上がった。

「君、いろいろ聞いてきたけれど、どうやら人違いだよ！　多分その男は私に何処か似ていたに違いない」

「人違いだなんて……」

有森孝子は憮然とした表情を作った。

「鳴海君、有森家の親子は最初から何処か問題だって言っていたね。彼女達は思い込みが激しいんだ。悪い人達じゃないけれど、とばっちりが来るんじゃ、お断りするよ！」

院長は席を立とうとした。有森孝子は少しも動じない。軽い笑みさえ浮かべて院長を見つめている。

「君、証拠もない、証人もない昔のことを言い出したって誰も信じやしないよ」

「証拠が必要ですか？」

「当然だ！　第三者に説得するにはそれ相応の証拠を揃えてからやってくるべきじゃないか。あまり憶測だけで言うと僕は怒りますよ」

有森孝子は薄笑いを浮かべた。

「貴方との最初の子を始末したとき……」

そこまで言って有森孝子は周囲を見回した。

「君、一体何を言い出すんだ！」

院長は回転椅子から腰を浮かし立ち上がろうとした。緊迫した空気が院長室を覆った。

有森孝子はお構いなしに続けた。

「あのとき、先代院長先生と看護師さんが数人いましたね。彼女達が憶えていてくれてます。貴方は当時産婦人科の若いお医者さんで深夜の私の緊急手術に助手として入った」

「そういうことがこの病院で過去にあったとしても、生まれてくる子供の父親が私である証拠が何処にあるんですか？」

院長は強く打ち消した。

「証拠は貴方の胸に手を当ててくだされば、それだけで明らかでしょう！」

「そんな子供騙しのようなことを言ったって、人を説得することは出来ない」

「しかし、ある事実の証拠があります」

「そんなモノ、あるわけがないだろう」

「貴方が最初の子を殺した証拠が残っています」

「殺した？」

「そうです。最初の子は生きて生まれてきた。あのとき私は腰椎麻酔で意識はしっかりしていた。私のお腹から赤ちゃんが取り出されたとき、微かに産声を上げた。私はハッキリ聞いたし看護師さんが憶えています。その後何かがあって、院長と貴方はひそひそ声になった。しかし、あのとき塩化カリウムを子供の心臓に注入するとハッキリ言っていた。強心剤だと偽ってね。この薬は一挙に入れると心臓を止める劇薬だそうですね。この辺のことは看護師さんが全部目撃しているから、貴方を殺人罪で訴えることだって出来ますよ」

　有森孝子は見据えて言った。

「私が何でそんなことをする必要があったんだ？」

　大宮院長は憮然として反論した。

「鳴海先生、聞いてください！」

言って有森孝子は院長の方を向き直った。

「私、自分の勤務する病院で取り上げてくれると貴方から言われたとき、有頂天になりました。信じられないことでしたが、貴方が私を受け入れてくれるに違いないと浅墓《あさはか》にも信じてしまったのです。そんなはずがあるわけがないのに……」

有森孝子はハンカチを取り出して、小鼻の脇にあてがった。気丈に見えた有森孝子が初めて見せる意外な脆さだった。

「何処の馬の骨か解らない水商売の女が、若い医者と結婚して人並みの生活が出来ると思い込んだ方が間違いだと言われても、あのときの私の気持ちは嘘でなかったのよ！」

有森孝子は涙声になった。大宮院長は困惑し切って窓の外を見ている。

「貴方が私達の子供を秘かに始末するために私を呼んだなんて、あんまりじゃないの！」

「有森さん、この話、別の機会にしませんか？」

鳴海は院長の心中を考えて提案した。院長が明らかに分が悪いことがハッキリしている以上、間に立つ鳴海は黙って聞いているわけにもいかなかった。

「鳴海君、構わんよ。言い出した以上、最後まで言って貰っても構わんよ」

院長は黒い回転椅子によりかかって目を伏せた。

「私のような女を引きずっていたら、当然ご自分の出世の妨げになると考えたんでしょう。それからの貴方は巧みだった。前よりもずっと優しくなって、さりげなく別れるチャンスを窺っていたのね。私は捨てられる覚悟をしながら、貴方への思いを断ち切れなくて苦しんでいた。でももういいのよ。貴方が打算をはじいたように、私も貴方をだましたんだから！」

有森孝子は自虐的な笑いを浮かべた。

「産婦人科医の貴方が私の生理日を鵜呑みにするなんて、一世一代の失敗でしたね！」

有森孝子は最も危ない日を偽って若い平野嗣彦を北の旅に誘ったのだった。ピルが使われる前のことだ。支忽湖畔の宿で男が別れを描きながら最後の肉欲にふけっている丁度そのとき、有森孝子は愛し合った思い出を形に残すべく秘かに陰謀を仕掛けていたのだった。

有森祐子は、こうして平野嗣彦の全く関知しないところで、この世に生を受けたのだった。

「ストーリーは巧みで、第三者が聞いたら、さもありなんと受け取るだろう」

院長は聞き終えると目を開き、静かに言った。

「しかし、これは貴方にとっても私にとっても、必ずしも正確な情報ではないんだな。私だって若い頃は酔っぱらって女を抱いたことがあったかも知れない。しかし、そういうことは大なり小なりどの男にも一度や二度あることなんだよ。それを何十年も経ってから、事実はこうでしたなんて一方的に言われたって、それは君、信じろという方が無茶だよ！」

大宮院長が言った。

「院長先生、今更信じるお気持ちがなければ、私はこれ以上のことを申し上げるつもりはありません。しかし、最初の子が殺されたという事実は証人がおります。死んだ子のためにも母親としてはハッキリさせておきたいのです。もし死んで生まれたって主張なさるんでしたら、記録を見せていただけませんか？」

「記録？　そんなもの、この病院を改築する、遥か昔のことでね。産婦人科を止めてから何年にもなるんで、記録類は残念ながら全く残っていないんだなあ」

院長は苦笑した。

「カルテの保存期間は法律では五年と決まっているんだ。五年を過ぎた部分は何処の病院でも置き場所に困って焼却処分にしているのが実情なんだよ」

「カルテがなくても死んだ子がアルコールの容器に納まって保存されているはずですが」

「一体どうしてそんなことが解るんだ。第一、院長の私さえ知らんことだし、見たこともない。鳴海君、君知っているかい？」

院長は鳴海の方を見て言った。その言い方は本当に知らないようにも聞こえる。鳴海は病院の古参の花岡から少し前に聞かされた病院裏話が頭をかすめたが黙っていた。

「この病院が産婦人科をやっていたのはそのずっと昔のことですから私には」

「若い鳴海先生がお解りになるわけがありませんわよねえ、どう考えたって！」

院長の見え透いたはぐらかしに有森孝子は苦笑した。この期に及んでなお、しらを切る男のずるさを腹の底から侮っているに違いない。

「男の方って都合が悪くなると皆さん、ノラリクラリお逃げになるのね」

「……」

「結構です。私、これから知り合いの弁護士に相談に行きます！」

挑むように有森孝子が言った。院長は困惑して椅子に仰向けに座ったまま、目を閉じ若干のびかかった顎ヒゲに手をやっている。やがて、

「どうぞ、おやりになってください。気の済むものなら結構ですよ。どうぞ！」

院長は院長で一歩も引こうとしない。鳴海は用事を思い出したふりをして、院長室から薬局の村上和子に電話を入れた。

「鳴海だ。注文したカルシウム拮抗剤アベリンZの50ミリ錠剤は届いているかい?」

「はい、既に入荷しています」

村上和子の弾んだ声が聞こえてきた。鳴海と取り交わした暗号で、〈事態の進展あり。残業のふりをして薬局で待機せよ!〉という意味だった。

「それでは宜しく!」

鳴海は受話器を置いた。院長はオヤッという表情を作ったが、鳴海の意図が読めないらしい。アベリンZなんていう薬がこの世に存在しないのは、院長ならずとも関係者全ての基礎知識だった。鳴海の不意の電話は院長に少し考える時間を与えたようだ。さすがに元の落ち着きを取り戻した院長が、別の手を考えたようだった。

「今更確認のしようのないものを言い争っていても、お互いにとって少しも良いことじゃないんだな、有森さん。この際それに代るもので貴方が納得できることがあったら言ってください。ぼくに協力できることは極力協力しますよ」

言って院長は有森孝子の口元を見つめた。取り引きに出たのだった。

「私が物欲しげに見えます?」

「いや、そういう風に受けとられては身も蓋もないんだが、まあお互い短からぬ人生をやってきたわけだし、何かお力になって差しあげられないものかと」

「……」

「私のような立場になると、お困りの時にはささやかなお手伝いが出来ないものかと考えるのは、当然と言うか、まあ義務のようなモノでね」

院長は有森孝子の出方を祈るような思いで待った。

「院長先生、私のお願いはたった一つですの」

「と言うと？」

「死んだ子の姿を一目見せていただけませんか？」

「それはとっくに……」

「処分したと仰言《おっしゃ》るの？」

言いかけた院長の言葉を遮って有森孝子が言った。

「あの子は暗い標本室のアルコール瓶の中に漬けられたまま、今も放置されています」

有森孝子はバッグの中に隠し持っていた最後の切札を院長の前で広げて見せた。

「あのとき死産の原因がハッキリしないから病理研究に提供してくださいと執刀医の先代院長から言われて、了解したんです。ある条件の元でね！」

「ある条件とは？」

「死因がハッキリしたら必ず連絡しますと。一定の期間お預かりして処分した後は慰霊祭にお呼びしますと。未だに連絡も慰霊祭の通知もありませんから、あの子は二十年以上も標本室に放置されたまま成仏できないでいるはずです」

有森孝子が言った。

「貴方の言われることは解りました。しかし、何分先代の生きていた二十数年前の話ですから、私に少し時間をくれませんか？」

ここまで来ると、院長は逃げるわけにはいかないと観念したようだった。

「その必要はありません。これをお読みになってください」

持参のハンドバッグから一通の古びた封筒を取り出すと、中から一枚の紙切れを出した。有森孝子はそれを二人に見えるようにテーブルの中央に広げて置いた。それは〈献体預かり証〉と表題のついた病院発行の一通の私文書だった。

有森孝子氏男児死産八ヶ月
右児原因不明の死産にて病理研究目的にて当院標本保存室に一定期間保存する。

一定の目的達成後焼却処分とし慰霊祭を執り行うものとする。

病理標本保存ナンバー３８５９番。

清和会十全病院院長　大宮隆峰

昭和＊＊年＊月＊＊日

先に読んだ院長は紙切れを鳴海に渡し、回転椅子に深々と腰掛けて目を閉じた。遠い日の記憶を辿るように！　やがて目を開け言った。

「今、ご覧になりますか？」

「えっ、ええ」

有森孝子がちょっと拍子抜けしたような声で応じた。院長の拒絶が急に解けて、張り合いがなくなったような心許なさを感じたらしい。

「いいでしょう。これから下に行って一緒に捜してみましょう。昔の標本保存室は何年も開かずの部屋になっていますので、電気がつくかどうか、とにかく行ってみましょう」

立ち上がり、院長は有森孝子に一緒について来るよう促した。

「鳴海君、君も一緒に見たまえ！」

振り返って院長が言った。

「解りました」

鳴海は早速院長室から薬局に電話を入れ、若干遅れることを村上和子に暗号で知らせた。それを院長はじっと聞いていた。

「鳴海君、薬局の村上君も同席させてくれ！」

「彼女もですか？」

鳴海は院長の意図が解らないで思わず聞き返したのだ。

「そう、薬物の催奇形性というものがどんなに恐ろしいものか、この際、薬剤師の村上君にも後学のため見せてあげようと思ってね！」

間もなく村上和子が大きい目をキラキラさせながら薬局からやってきた。

「これから標本保存室に入るんだ。薬剤による催奇形性の勉強のために、薬剤師の君も一緒にと院長が直々に言っている。来るかい？」

鳴海が言った。

「もちろんよ！」

「しかし、恐くないかい？　奇形児がいっぱい置いてあって、時々変な音がするんだってさ」

見たわけではなかったが、鳴海は小声で村上和子をからかった。

「ぜーんぜん！」

村上和子はその手には乗らないぞ！　と言わんばかりに一笑に付した。

「実はこういうことなんだ。さっき有森さんが院長を訪ねてきてね、二人の様子が実におかしいんだ。どうやら彼らの間に出来た子供が保存されているらしいんだな。それをどうしても見せろって有森さんが粘って結局、院長が折れてこういうことになったんだ。いいね」

村上和子は了解したという合図を目配せでした。地階のボイラー室の脇をすり抜けて彼らは古い建物のもう一つの入口の前に立った。院長はおやっと不審顔になった。

「最近、誰か来たのかなあ？」

と独り言を言った。見ると厚いほこりで覆われたドアのノブがそこだけ奇麗に取り除かれて誰かが開けようとした形跡があったのだ。有森祐子だな、と鳴海は内心確信した。院長は守衛室から借り出してきた古い鍵の束から一つを取り出すと慎重に鍵を開けた。そこは鳴海が初めて見る場所で、標本保存室に通じる裏道だった。

「有森さん、私は貴方が直接ご覧にならない方が良いと思うんですが、やはり見ますか？」

院長が振り返って言った。

「覚悟しています。一度はこの目で見ておかないことには、納得できないもので！」

「本当に良いんですね？　後で見なければよかったなんていうことになっても困るんですが」

「いえ、そういうことは決して申しませんので、ご心配なく！」

「そうですか」

院長は暗いドアの蔭に手を入れ、あちこち手探りでスイッチを探した。まもなくパッと裸電球が点灯した。院長の手の平がほこりで真っ黒になった。

多分何年も閉ざされたままで、スイッチには人の手が触れた形跡はなかった。

「ほこりだらけだな！」

院長が言った瞬間、明りが消えて再び真っ暗になった。暗がりでスイッチを上下する音がした。

「こりゃあ駄目だ、つかない」

院長の声がして、代りに持参した懐中電灯がともされた。院長は標本棚と有森孝子の足元を交互に照らしながら慎重に進んで行く。細長い通路の両サイドが標本棚になっていて、蜘蛛の巣が幾重にも左右の標本棚から張り出して反対側の棚まで延びている。少し離れて鳴海と村上和子が鳴海の診療用ペンライトを頼りに足元を確かめながらゆっくり前進する。

「誰が電気を消したのかしら？」

村上和子が鳴海の耳元でわざと言った。

「勝手に消えたんだろう」

鳴海はそれには取り合わない。一行は蜘蛛の巣を払いながら進んだ。光に当る度、左右の標本棚に置かれたガラス容器の中に切除標本の子宮や卵巣がいくつも詰まって見える。

「気持ち、悪くないですか？」

胎児の標本が見え始めたところで院長が有森孝子に聞いた。

「ご心配なく！」

有森孝子が気丈に答えるのが聞こえる。しかし、淀んだ空気の中に充満している防腐剤や保存液の刺激臭はさすがに一行を黙らせた。院長は保存瓶のラベルにふられた番号を懐中電灯で確認しながら、一歩一歩進んで行く。奥は予想外に深くコの字型に曲って標本棚は続いている。

「それにしても先代はよくやったなあ！　これは大学病院以上だ！」

院長は改めて先代大宮隆峰の偉大さを感じながら、一歩一歩、目的の標本に近づいて行くが、足取りは重い。

「先生、あれ見て！」

角を曲ったところで薬剤師の村上和子が、声を上げ鳴海の脇腹をつついた。そこから先は大型保存瓶の棚になっていて、魚類図鑑でよく見るような胎児が琥珀色の保存液の中に浮かんでいる。

「びっくりさせるなよ！」

「わざとやったわけじゃないのよ」

「プロならプロらしく動じないもんだぜ！」

「先生は何でもないんですか？」

「当り前だ。我々は医学生時代からトレーニングされているからね」

「すっごーい」

「大袈裟に騒ぐのは君だけだ！」

鳴海は暗がりではしゃぐ村上和子の気が知れない。

「それよりラベルを見落とさないで！」

ほぼ若い番号順に配列されているが飛び番号で一部が入れ替わっていたり、未整理のものが混ざっていて、慎重にチェックしないと見落としかねない。蔭に隠れた部分やラベルが古くなった標本、ほこりを被った標本などにとくに気をつけなければならない。

先に進んだ院長と有森孝子が早くも反対側の標本棚のチェックをしながら、後戻りしてきた。

「３８５９だったね」という声がする。

「鳴海君、こっちだ！」

院長に呼ばれて、鳴海は村上和子を促し、真っ暗な脇道をすり抜けて、院長の所に近づいた。

「もう間もなくだ！　鳴海君」

院長の声がコンクリートの地下の標本保存室に響き渡った。３８００台になると様々な奇形をもった妊娠後期の胎児の標本になった。

３８５０のところで院長が最後の確認をした。

「もう間もなくですが、このまま続けますか？」

「ええ」

有森孝子は毅然と言った。

「それでは全員で数を確認しながら行きましょう」

院長は奇妙な提案をした。明らかに気分が乗らないことが解った。

「院長、ここから先は私と村上君が行きますので、院長と有森さんは、その後からついてきてください！」

鳴海は気を利かせて言った。

「さあ勇敢な村上君、先頭に立って！」

言って鳴海は村上和子の背中に手をやり、有無を言わせず彼女を前に押し出した。

「憶えてらっしゃい！」

前に出るとき村上和子は鳴海の脇腹をつねった。

「３８５１、３８５２、３８５３……」

先頭に立たされた村上和子が声を震わせながら数え始めた。背中の癒合したシャム双生児の胎児が光の中に突然現れた。頭蓋骨のない無脳児、尻尾のある胎児、まるでホラー映画の一場面を見ているようだ。

「先生、３８５９でしたね？」

村上和子が言った。

「そう、３８５９だ」

村上は３８５８でカウントを中断した。

「どうしたんだ？」

鳴海が言った。

「３８５９だけ、ないんです！」

「ない？　そんな馬鹿な！」

鳴海は辺りを隈なくライトの光を当てた。

「ないかい？」

「やっぱり見あたりません。誰かが持ち出したみたいです！」

３８５９があるはずの保存棚には、ガラス瓶一個分の隙間が出来ていて、その上に厚いほこりが被っていた。

「最近持ち出したものではないようだな！」

近づいた院長がほこりを指で拭い取りながら、明りにかざして言った。

「有森さん、折角一緒に点検していただいたのに貴方のご希望には沿えられそうにもありません。これは管理者の私の責任です」

傍らの有森孝子はそれには答えず、３８５９の周囲のガラス瓶に収納された奇形児の一群を黙って食い入るように見つめていた。暫く重苦しい沈黙が続いた。

「これでよろしいですか？」

院長に促されて有森孝子はハンカチで目頭を押さえ、標本保存室を出て行った。


四人は院長室に戻って来た。ソファーに腰を下ろし、徒労に終った地下室行を思い出しながら院長がため息交じりに言った。

「戻って来るとき偶然先代院長の書いた記録台帳が見つかったんで見てみましょう。何か手掛かりが摑めるかも知れない」

院長は手にしたノートのほこりを払い、黄ばんだページを最初からめくっていった。

「あったあった。３８５９は研究用貸し出し扱いになっていますね。利用者は大宮隆峰、返却欄が空白になっているから借り出したままということだな。診断は」

そのとき、有森孝子が突然叫び声を上げて、院長を遮ったのだ。

「読まないでください、その先は読まないでください！」

気丈で横柄に見えた有森孝子は、緊張の糸が緩んだのか、突然身体を震わせて泣き出した。

「申し訳ございませんでした。あのとき先生が私に見せたがらなかった理由を男のずるさとばかり思い込んでいました。私を許してください」

有森孝子は３８５９番の前後の標本を見て、死産扱いになった我が子が重度の奇形児だったことを悟ったのだ。

「今日はこの先を読まないよ」

院長が言った。院長室に沈黙が流れた。

「一応、先代院長の詳細なコメントがこの後にあるから、その気になったらいつでもこのノートを見に来てください」

院長が有森孝子に約束した。

「私は読まなくても良い。既に充分解っているから、それはそれは辛い体験だった」

言って、院長の頬を一条の涙が静かに流れ落ちた。

「院長、我々はこれで……」

鳴海は立ち上がり、村上和子に一緒に出るように合図した。

「鳴海君、まあここにいなさい。村上君も。君達に話しておきたいことがある。それが先輩でもある私の務めだからね」

院長は凡そ次のような信じ難い過去を語ったのだ。

二十数年前のある夜、若い産婦人科医平野嗣彦は清和会十全病院で一人当直に入っていた。その日の入院患者は妊婦を含め概ね落ち着いていて、その夜は多分起こされないだろうと日責者が言っていた。しかし、翌日未明、平野は産科病棟から緊急ナースコールで叩き起こされたのだった。

「21号室の有森さんの胎児心音が急に聞こえなくなりました。至急、来てください！」

当直看護師の慌てた声が耳元でして平野嗣彦は急いで詰所に駆けつけた。そこには別棟の自宅から駆けつけた院長の大宮隆峰が既に来ていて、院長が開発した胎児心音モニターの画面をじっと見つめていた。

「至急、カイザー（帝王切開）の準備をしてくれ。心停止も間もなくだ。急いでくれ！」

院長は当直看護師に指示し、平野には直ちに助手としてオペ室に入るように言った。平野は手元の時計を見た。三時を少し回って窓の外は満月がこうこうと下界を照らしていた。

間もなく有森孝子は手術室に下ろされ、腰椎麻酔が施された。

「有森さん。赤ちゃんを救うために至急帝王切開をやりますよ。一応了解してくれますね！」

院長が有森孝子の耳元で手術用のゴム手袋を塡めながら話しているのが聞こえた。

「お願いします」

小さく言って有森孝子は傍らの若い平野をすがりつくような眼差しで見上げた。平野は手術着で覆われたメガネの奥で、心配するなというシグナルを去り気なく見せ妊婦を安心させたのだった。

間もなく清和会十全病院地階手術室で深夜の緊急オペが始まった。先代院長大宮隆峰のメスが有森孝子の下腹部に迅速な正中切開を加えると、奥から球形に腫大した子宮が顔を出した。大宮隆峰のメスはためらうことなく露出した子宮の薄い膜を切り開いて行った。その瞬間、血液が待ち構えていたようにドッと溢れたが、手慣れた院長は血の海の中に両腕を深く押し込んで血に濡れた胎児を手早く取り出し、臍帯を遮断すると、傍らの看護師に渡した。看護師に抱かれた胎児は四肢を動かし、猫のような奇妙な泣き声を上げたようだった。院長と平野は出血が続く子宮に糸を掛け手早く縫い上げて行く。院長の手際の良さは何度一緒にやっても平野には真似の出来ないものだ。そのときだった。看護師が叫び声を上げ、その瞬間、胎児が看護師の腕をすり抜け、洗浄槽の中に滑って落ちたらしかった。

「どうしたんだ。気をつけてくれよ！」

院長が持針器の先を見ながら言った。

「先生、来てください！」

看護師が声にならない声で震えながら言った。平野はちょっと迷って院長を見た。

「こっちはもう大丈夫だ。平野君、行って見てくれ！」

手際の良い院長のナートは既に最後の一針を残すところまで来ていたのだ。院長に促され手術台を離れた瞬間、鳴海は看護師の意味するところが解って、その場に釘づけになってしまったのだ。洗浄槽の中で血液を拭い取られた胎児の顔面には中央に眼球が一つ、まるで軟体動物の口のように皮膜で覆われていた。そう、信じ難いことに生まれてきたのは単眼症の奇形児、いうなれば怪談本の挿絵にある一つ目小僧だったのだ！

「平野君、これは残念ながら死産じゃないかい？」

　後ろから院長の声がし、平野は一瞬たじろいだ。胎児の四肢は明らかに動いて、新しい生命の誕生を見せていた。しかし、すぐに院長の意味するところが了解できた。

「院長、言われるように確かに動きません！」

　平野は震えながら遅れて合槌を打った。看護師は放心状態のまま立ちすくんでいる。

「わしも初めてだよ、平野君！」

　院長が小声でさりげなく言った。腰椎麻酔だから近くにいる有森孝子には聞こえているかも知れない。そのことを充分弁《わきま》えた上での院長の発言だ。

「塩化カリウムを用意してくれ！」

　院長が小声で看護師に命じた。言われた看護師は放心状態で聞こえないのか、それとも彼女なりの抵抗を試みているのか、それには応じようとしない。

「塩化カリウムを！」

　院長は繰り返した。

「院長、その必要はないでしょう？」

　平野は言った。目の前の奇形児は放置しても生きているのは時間の問題に違いないと思ったし、何よりも積極的に死なせる行為には抵抗感があったのだ。

「いや、平野君。蘇生の努力を惜しんじゃいかん！」

院長は迷いのない声で言った。

「解りました。解りました。私がやります」

短い沈黙の後、平野は院長の意味するところを汲んできっぱり言った。薬品棚から塩化カリウムのアンプルを取り出すと、平野は20ccの注射筒に詰め、心腔注用の長い注射針を装着した。平野は院長の方を見て一応の合図をし、胎児の心臓に注射針を突き立てた。そのとき胎児が四肢を動かし鳴海の手技に激しく抵抗したのだった。平野は予期せぬ抵抗に驚き注射筒を思わず放り出して後ずさったのだった。それはまるで平野に向かって戦いを挑んでくる生き物の激しい逆襲だった。気を取り直して最後の一滴を注入すると、さすがに不幸な形で生まれた胎児は平野の手の下で、それっきり動かなくなったのだった。平野は全身総毛立って、いつまでもそこに立ち尽くしていた。


「本人に何てムンテラしましょうか？」

平野は院長に言った。一足先に手術室から病室に運ばれた産婦の有森孝子は深夜の手術で疲れたのか、今は静かに眠っている。目を覚ませば生まれた子のことを聞いてくるだろう。

「それは私が説明するよ。こういうケースでは慎重にやらないと、将来に禍根を残すんでね。本人には言ってはならないんだ！」

　院長が言った。

「それで夜が明けたら、家族を呼んでおいてくれ！」

「それが連絡がつかなかったんです。カルテの緊急連絡先に電話を入れても、この電話は現在使われていませんって繰り返すばかりで……」

「亭主の勤務先が解るだろう」

「それが……」

　看護師は口を濁した。有森孝子は正式な入籍を済ませていないということで、カルテ上は独身になっていたのだ。

「誰か連絡先があるだろう？」

「目が覚めたら直接、本人から聞き出します」

「そうしてくれ！」

　院長は言った。

「その前に本人から聞かれたら何て答えたら良いんでしょうか？　いろいろ手を尽くしましたが死産でしたと言って良いんですか？」

看護師が心配そうに言った。

「院長、この患者は私がやります。この際、私にまかせてください。大丈夫ですから」

平野は懇願するように言った。

「そうか、じゃあこの際、平野君にまかせることにしよう。腰椎麻酔だったから本人は産声を聞いているかも知れない。しかし、単眼症のことは知らせない方がいい。いいね！」

経験豊かな院長は何処までも平常心を失わない。院長はそれだけ言うと別棟の自宅に帰って行った。その直後一旦帰りかけた院長が戻ってきて平野に次のように言うのを忘れなかった。

「有森ベビーは病理標本として大切に保存しておいてくれ！　平野君、これは学会報告もんだ。その前に適当な時期に本人から妊娠前期に催奇形性薬物を常用していなかったか詳しく聞き出してくれたまえ」

平野は院長の後ろ姿を見送りながら、深夜の緊急手術による疲れと目の前の奇怪な出来事で頭が混乱し、ひどく苛つくのだった。

生存に耐えられない奇形児が生まれたことは、何処からともなく院内に知れ渡った。しかし、院長と平野の取った処置に対して疑問視する人間がいなかったのは、ひとえに単眼児だったからだ。むしろ看護師達は、有森孝子が私生児を生んだことの方に好奇の眼差しを注いでいた。そのうえ平野が病室で初めて死産を告げた時、有森孝子が見せたはしたない娼婦のような仕草が、この正体不明の未婚女性に対する看護サイドの嫌悪感を決定的にしていた。

その朝、廊下を行きかう人の気配で有森孝子は目を覚ました。

「赤ちゃんは？　私の赤ちゃんは？」

病室の入口に平野を認めて開口一番聞いてきたのは、そのことだった。平野は黙って首を振って枕元に近づいた。有森孝子の顔面が見る見る歪んで青ざめた。

「残念ながら死産だったよ！」

平野は静かに言った。

「嘘でしょう。ねえ、嘘でしょう？」

平野の顔を覗き込んで言い、次に平野の後ろから顔を出した年配の師長に助けを求めるように言った。

「嘘でしょう？」

鳴海は当惑し、もう一度繰り返した。

「本当です。すぐに強心剤を打ったんですが、全く救急蘇生術に反応しなくて。残念ながら、死産になりました」

「嘘！」

有森孝子は突然寝巻きのまま上体を起こし、白衣の平野にしがみつき、胸元に顔を埋めて泣いた。

「嘘でしょう？　ねえ、嘘でしょう？　嘘だと言って！」

「……」

平野は答える代りに縫ったばかりの有森孝子の下腹部の傷を思って背中をやさしくささえ床に着かせようとした。しかし有森孝子は平野の首に回した両腕を離そうとしない。

「有森さん、院長先生と平野先生は深夜、一生懸命頑張ってくださったんですよ。でも先生の言われることは残念ながら本当だったんです。さあ、静かに休んでくださいな」

ベテラン師長は平野の首にからみついた有森孝子の剝き出しの二の腕を解こうとした。するとと、有森孝子は寝巻き一枚でなり振り構わず抵抗したのだった。後で師長が何かの折りに言ったことがある。

「言っては何ですけれど、あの方、まるで平野先生を自分の亭主のつもりで甘えていましたね。一体どういう女なんでしょうか？　亭主のハッキリしない子を平気で産んで、その上あんな淫らな姿で見境なく先生方に抱きつくなんて。同性としても見苦しい限りですよ。あそこまではちょっとねえ。水商売ってあんなもんでしょうか？」

平野は黙って苦笑しているより、なすすべがなかった。

一体、平野は何で有森孝子のお産を自分の病院でやろうとしたのだろう。奇妙なことに最初のいきさつが今となってはハッキリしない。多分次のような状況が背景にあったような気がする。

行き付けのスナック〈薔薇〉で悪酔いしたとき、年増のホステス有森が朝まで若い平野の面倒を見て、そのとき、たった一度行きずりの関係を持ったようだ。それは一度で終った。それからどのくらいしてからか、客として久しぶりに立ち寄ったとき、平野は有森に相談を持ちかけられたのを覚えている。

「そう言えば平野先生、確か産婦人科の先生だったわね」

「なんだい。ここに来てまで仕事の話かい？」

「先生、案外冷たいのねえ」

「まあ、いい。一体なんだ？」

「どこか良い病院ない？」

「君の家の猫がお産でもするのかい？」

「それがそうなのよ。いっそ産んじゃおうかと思うの、あたしが」

有森は真面目な顔をして答えた。

「旦那は知っているのかい？」

「知るわけないでしょう」

「大丈夫なのかい？」

「言ったら駄目だって言うに決まってるでしょう。だから内緒で産んじゃおうかな」

「女は恐ろしいな、全く」

このとき、平野は女の凄さを一瞬膚で感じて、自分でなくてよかったと内心ほっとしたものだった。結局、このときの話の成り行きで有森は平野が勤務する清和会十全病院で未婚のままお産することになったらしいが、ハッキリ憶えているわけではない。

平野が有森と親密な肉体関係に入ったのは、平野が勤務する清和会十全病院での、この不幸な奇形児の死産の後だったと、平野は記憶している。

「先代院長は類希な洞察力の産婦人科医でね、二十数年後の今日のトラブルを既に見透していた」

院長が遠い記憶を辿るように言った。

「無事生まれてきたのは生存に耐えられない子だったことが解ったとき、先代は母親の気持ちを汲んで私に決して事実を知らせてはならないと命じたのだよ。しかし若い私はどうしても院長の指示を容認できなくてもたついてしまったのだ。それが腰椎麻酔で意識のハッキリしていた有森さんに異常事態を気づかせる結果になった。そして結局、有森さん、貴方には疑念だけ与える結果になってしまった！」

院長は苦しそうな表情になった。

「私が処置をしたとき、確かに胎児の心臓は動いていた。私がやった処置は、有森さん、貴方が言われる通り、明らかに殺人だった！」

この不透明な死産はいつからか有森孝子の心の中に、平野嗣彦に対する疑念を生じさせていた。産婦人科医としての立場を利用して、平野は二人の間に出来た新しい命を勝手に葬ってしまった。それは肉体を弄んだ挙げ句適当な時期に逃げようと企んでいる男のずるさに他ならないと有森孝子は今まで思い込んできた。その疑念はやがて復讐の様相を帯び、祐子の秘かな誕生へとなったということだった。


「有森さん、お預かりした標本はこの院内の何処かにきっと保存されているはずです。近々徹底的に捜しますからそれまで時間を戴けますか？」

院長が丁寧に言った。

「それには及びません。貴方への誤解が解けたので、それには及びません」

「そうですか。しかし……」

言って院長はちょっと言葉を止めた。

「早急にお祓《はら》いをしましょう」

院長は真面目な顔して続けた。〈お祓い〉と聞いて、鳴海はちょっとおかしくなった。

何事にも合理的に見えた院長の口から出る言葉としては、不似合いな印象があったのだ。有森孝子の顔に初めて微笑みが浮かんだ。

「それは是非お願いします。私達親子はもうこれ以上同じ過ちを繰り返したくないんです」

言って、再び小鼻にハンカチを当てた。

有森孝子の院長訪問で、今まで見えなかった部分が一挙に明るみに躍り出たようだ。村上和子の言う、病院全体が呪われているとのご宣託は、どうやら当っていたと言えなくもない。

「一体、真相はなんだったのか？」

鳴海が言った。うだるような夏の夕方だ。村上和子を誘って、鳴海はY公園に隣接する湾内周遊ジェットバスに乗りにやってきたのだ。

「院長と有森孝子がかって関係があったことはあの日ハッキリした。しかし、今いち解らないところがあるんだな、俺には」

鳴海の中では問題の整理がついていない。一旦興味を抱いた問題にはとことん追及の手を緩めないのが鳴海の性格だった。

「まず、大宮院長が何であのとき有森祐子のカルテを俺に回してきたのかなんだ！」

「……」

「俺が精神科をやったことがあるから、俺にふさわしい患者と思って回してきたんだと最初は思っていた。院長もそんな口ぶりだったし」

「……」

「しかし、俺は院長が最初から有森孝子に気づいていたんじゃないかと、今となっては思うんだ」

「そうかも知れない」

「簡単に肯定するな！」

「だってそう思うんだもの」

村上和子は既にこの問題への興味は半分なくしている。熱し易くて冷め易い性格がよく解る。

「しかし、そうだとしても、なぜ院長はあれほど有森母子から逃げ回る必要があったのか？」

「鳴海説は？」

「有森祐子が自分の娘と直感したんじゃないか？」

その仮定に立つと、鳴海が欺された挙げ句偽《にせ》の診断書を書かされたことを怒って院長室に相談に行ったとき、院長大宮嗣彦が見せた不可解な対応ぶりが納得できる。

「あたしはその点、ちょっと意見が違いますね」

岸壁に沿った公園は夕涼み客であふれ返っている。ジェットバスの切符売場は文字どおり長蛇の列だ。鳴海と村上和子の前を手をつないだ二人連れが何組も通り過ぎる。

「ねえ、手をつなごうか？」

村上和子が唐突に言った。鳴海がおしゃべりに熱中している間に村上和子の細い腕が脇をすり抜けて鳴海の分厚い手の中にもぐり込んでいた。この種の積極性は面映ゆくて鳴海は自分からは出来ない。

「それで、村上説は？」

「院長は信じていなかった。しかし、有森孝子から強く主張されたら逃げられない弱みがあった。だから逃げ回ったっていうところかな」

「うむう」

鳴海はうなった。

「しかし、有森祐子は本当は誰の子だったんだろう？」

「要するに当事者達にも解らない？」

「問題は長い年月の間に過去の記憶が変容してしまうってことなんだ。自分に都合の良い方にね！」

鳴海は、フト何かを言いたくなった。

「女は誰だって都合よく変わるんだな」

「それは男だって同じじよ」

早速、村上和子はボールを投げ返す。そのレスポンスの速さに鳴海は苦笑している。

「結局、迷宮入りか？」

球場の裏の公園では僅かばかりの日蔭に入って、何人かが涼んでいる。車道の焼けたアスファルトから今もなお陽炎が立ち上って、今夏最高の気温という報道を裏付けていた。

「さて、第二の疑問は……」

鳴海が言った。

「有森孝子は娘の妊娠に本当に気づかなかったんだろうかということなんだ」

「何もかも知っていて、産婦人科のない清和会十全病院に連れてきたというわけね。平野嗣彦に会うために？」

「そういう可能性はないかということなんだ」

「言われてみると、そんな気もするわ」

「もしそうでないとしたら、有森祐子を呼んだのは標本保存室の何処かに置かれたまま、未だに成仏できない奇形児の長男の霊ということになる。しかし、こんなミステリアスな偶然って本当にあるんだろうか？」

「偶然で、ないって言いたいのね？」

「全て有森孝子の仕組んだ仕業じゃないか。有森孝子の記憶の変容が全てを振り回していたんじゃないだろうか？　つまり院長は被害者ということじゃないか？」

「やっぱり貴方は一方的な男性擁護論ね」

言われてみると、確かに一方的な意見に違いないと鳴海は思った。確かなことはこれで清和会十全病院も以前の落ち着きを取り戻すだろうということだけだった。

「ねえ、聴いている？　あたし、面白いこと考えたんだ」

「どうせ、また……」

「ろくでもないことって言いたいんでしょう?」

村上和子が先回りして言った。

「当らずとも遠からずだな」

鳴海はアハハと笑った。

「これが実に良いアイデアなんだなあ」

話に熱中していた鳴海は今になって、ようやく聞く気になったようだ。

「なんだ?」

「いつか先生が小さいクリニックを作ったら」

言って村上和子は大きく胸を膨らました。

「隅っこに私用の院外薬局を作ってくださらない?」

「院外薬局?」

同じ建物の中に院外薬局は作れないはずと鳴海は一瞬、生真面目に考えた後、アッと短く言った。村上和子は大きな目をキラキラさせて鳴海を見つめている。

「君は通いの薬剤師ってわけだね」

鳴海は若干、意地悪く言った。

「まあ、その、暇なときはお弁当も作ってあげてもいい」

小さく言った。

「それじゃあ、まるで僕の奥さんじゃないか」

「結局、そういうことになるのかな」

鳴海はケラケラ笑った。

「まあ本採用は困難だね。お弁当の中身を見てからじゃないと」

村上和子の大きな瞳がパッと輝いた。そして逃げ出したいほど暑いのに、彼女は鳴海の腕に細いしなやかな腕を嬉々として回した。

第三章　確執

　医療法人清和会・大宮病院長の大宮隆峰が食欲不振を訴えたのは、隆峰念願の地域不妊学会を会長として無事成功させた直後で、今から凡そ八年前のことだった。

　娘婿・大宮嗣彦は緊急胃透視検査を勧め、久々に透視操作室に入って、院長のため自ら操縦レバーを握ったのを憶えている。内科医大宮嗣彦が院長の胃レントゲン検査をするのは思えば、このときが初めてだった。毎年のように胃の定期検査を勧めてきたが、自分の身体は自分が一番良く知っていると言って、院長は一向に取り合わなかったのだ。しかし、今度は素直に勧めに従ったところをみると、よほどのことに違いなかった。

　隆峰は透視台の上で娘婿の指示に従ってバリウムを飲み、固い台の上で何度も体位を変え、全工程を撮り終えた。その間、大宮嗣彦も傍にいて照射条件の調節を担当しているレントゲン技師の南野もモニターに映った隆峰の胃の異常陰影に一言も発することが出来なかった。

「先生、すぐ現像しますから」

終って南野技師が短く言った。

「そうしてくれ。出来上がったら連絡してくれ」

大宮嗣彦は小さく言って暗い透視台を離れた。透視操作室を出るとき、南野技師にソッと耳打ちした。

「あの通りだ。で、今後静かな環境で療養させたい。いつまでもというわけにはいかないだろうが」

「解っています。充分配慮しますから、ご心配なく」

ベテランの南野は全てを呑み込んだ上で言った。

終って、大宮嗣彦は自宅に電話を入れた。

「今、終ったよ」

「それで、どうだったの？」

妻の瑠璃子《るりこ》が言った。

「暫く特別室に入って貰ってから、適当な時期に」

「何かあったのね？」

言い終らないうちに、瑠璃子の遮るような声が大宮嗣彦の胸に突き刺さった。

「胃ガンだった」

「ヤッパリ、そうだったの？」

言って瑠璃子は絶句した。長い沈黙のあと受話器の向こうから泣き声が聞こえてきた。その透き通るような瑠璃子の泣き声の間を縫って、背後で誰かの声が幽《かす》かにする。

〈ヤッパリソウダッタノ？〉

聞こえてきたのは電話台のそばのセキセイインコのピピーの物真似だった。子供のいない瑠璃子は真似の得意なインコを姉のところから貰ってきて子供のように可愛がっていたのだ。

「でも、まだ大丈夫なんでしょう？」

「それが進行ガンになっている。これから胃カメラで確認するが、まず十中八九、進行ガンだ」

大宮嗣彦は言った。

「それで、父には何て？」

瑠璃子はいくらか気を取り戻したように言った。

「まだ何も言っていない。でも探求心の旺盛なお父さんのことだ。いつまでも隠すわけにはいかないだろう？」

「本当のこと、言うおつもり？」

「それは止むを得まい」

「そう」

瑠璃子は敢えて反対はしなかった。大宮嗣彦は静かに受話器を置いた。

詰所に戻ると、大宮嗣彦は病棟師長の大原に隆峰院長のために特別室を用意するように言った。

「何、日頃の疲れが出たんだろう。父はあの年まで病気らしい病気は一度もしたことがなかったからね。仕事も一段落ついたことだし」

「学会の準備でお疲れのようでしたし、私、心配していたんですよ。解りました。さっそく看護師に用意させます」

と言って古参の師長は若いナースを呼んだ。

「院長が体調を崩されたんで暫く静養していただくことになりました。至急、特別室の用意を！」

詰所にピンと緊張感が張り詰める。そのとき、詰所の電話が鳴った。レントゲン技師の南野からで、嗣彦に大急ぎ院長室に来るようにとの院長のメッセージを伝えてきた。

「嗣彦君、これはアドバンス（進行ガン）だね。君の専門領域だから聞きたいんだが」

院長大宮隆峰は嗣彦の姿を認めるなり、傍らのシャーカステンに掛かったレントゲンフイルムを指さして、開口一番言った。院長に呼ばれたのかレントゲン技師の南野が先に来ている。大宮嗣彦は写真に近づいて、じっと目を凝らした。

「院長、一応、内視鏡で確認しましょう」

所見には一言も触れずに嗣彦は言った。

「いや、その必要はないでしょう」

院長は言下に否定した。

「オペの適応を検討する必要がありますので」

「それはない。既に肺転移しておるよ」

「エッ？」

大宮嗣彦は思わず声をあげた。院長は南野に言ってレントゲン写真の袋から胸部写真を取り出させた。南野は取り出した写真を胃バリウム写真の横に並べて掛けた。

「見たまえ。両側肺に既にメタ（転移）しておる」

胸部写真は明白な転移像を呈している。

「実は不妊学会の準備で駆けずり回っていたとき、血痰が出てね。念のため写真を撮っておいた。だから転移ガンなのはとうに解っておったよ」

院長はまるで新しい入院患者に診断を下すときのように、事もなげに言った。

「問題は不妊学会がやれるかということだったが、無事に終ってほっとした。欲を言ったら切りがないが、マア、人生にけじめを付けることが出来て、思い残すことはない」

その物言いには人生を全うし尽くした充実感さえ感じられる。自分がガンに侵されていることを知りながら、最後の仕事を優先させた院長の気迫は、そばにいる者を黙らせるのに充分だった。院長室に重苦しい沈黙が流れた。

「実は既に瑠璃子にも連絡しましてね」

言い終らないうちに大宮嗣彦には不覚にも熱いものが込み上げてきた。

「私達のためにも、院長にはまだまだ頑張って貰わなくちゃなりません」

大宮嗣彦が言うと、院長は素直にうなずいて見せた。

「しかし、嗣彦君、この写真じゃあ、よくいってあと半年じゃないのか？　内科専門医の君の診断はどうなんだね？」

院長は言った。嗣彦は胸の内を見透かされたようで適切な言葉を探しあぐねた。

「身内のことになると、冷静に判断出来るものではありません」

嗣彦の言葉に院長は優しくうなずいた。

「この写真、大学の連中にも見せて最善の方法を考えましょう。取り敢えずこのまま特別室に入って貰います。私が主治医になりますから、治療については合議の上で……」

嗣彦が苦悩で顔を歪めた。

「有り難う。君が息子でいてくれて、私はもう思い残すことはない」

院長大宮隆峰の瞳に初めてキラリと光るものが浮かんだ。大宮嗣彦は院長室を後にした。

廊下に出ると、レントゲン技師の南野が追いかけてきて言った。

「すみませんでした。大先生から電話があって、今撮った胃レントゲン写真を持ってこいと言われるもんで、断り切れなくて、こんなことになってしまって……」

律儀な南野は大宮嗣彦との約束をさし置いて、出来上がったばかりの写真を院長のもとに持って行ったことを拘《こだわ》っているのだ。

「あれで良かったよ。院長は何でも真っ先に知りたがる人だから、誰が相手でも結果は同じになったはずだ」

大宮嗣彦は南野をいたわるように言った。

「そう言ってくださると助かるんですが……」

南野は厚いレントゲン写真の袋を抱えている。

「ところで、その写真は保管庫に入れて鍵を掛けてください。で、院長は軽い肺線維症ということにしておきましょう。幸い、知っているのは院長を除くと君とぼくと瑠璃子だけだ。院長は静かな環境で療養していただかなければならない」

「解りました」

南野が言った。こうして清和会病院院長・大宮隆峰は院長室に隣接する三階特別室での入院生活が始まった。

不思議なことに一旦入院すると隆峰院長は日に日に回復していくように見えた。そして相変わらず特別室からあちこちに電話を掛けまくり、研究への飽くことなき情熱を全身にみなぎらせていた。

「胃ガンの肺転移って、本当なの？」

妻の瑠璃子が言ったことがある。裏の母屋から持参する食事のほとんどすべてを平らげている食欲旺盛な隆峰の姿を見れば、瑠璃子の疑念も無理はなかった。

「誤診であってほしいよ」

大宮嗣彦は言った。しかし、胃内視鏡下生検標本からは間違いなくガン細胞が出ていたが、そのことは瑠璃子には知らせていない。隆峰の食欲不振は間もなく始まると嗣彦は見ている。言わば最期の小春日和に、瑠璃子は過剰な期待を寄せているに過ぎない。

「今日、緒方先生のところに行ってきたんだ」

嗣彦は緒方を引き合いに出すことで、重い気分を払拭しようとした。

緒方は院長の大学の同級生で、学生時代から院長とは相性が良いのか、卒業後も家族ぐるみのつき合いが続いている。緒方教授はある私立大学医学部創設の大立役者として今では理事長におさまり、進退は自ら決められる恵まれたポストに今も居座り続けている。ガンの化学療法に関する分野では、権威の一人として専門書を著したこともあった。

「そうか、隆峰も遂に胃ガンか！」

言って感慨深げにため息をついた。

「ケモ（化学療法）をやりたくないって言うもんで……」

「そうか、それも良いだろう。さしたる効果も期待できない現状では、それもいいだろう」

緒方教授は言って深いため息をついた。緒方教授の訪問に先だって、息子大宮嗣彦と協議の上、隆峰は化学療法は一切行わず疼痛が出現したら適宜、麻薬鎮痛剤塩酸モルフィンを使用することに決めていたのだ。だから嗣彦の訪問は相談というよりは親友に対する儀礼的な報告に近いものだった。

「いずれそういう終末の迎え方が容認される時代が来ないとも言えない。その発想はいかにも隆峰らしいなあ！」

言って緒方は初めて笑った。緒方はコーヒーメーカーから香ばしい湯気の立ち昇った熱いコーヒーを入れて大宮嗣彦に勧めた。

「君は確か養子だったね？」

「ええ、若い頃産婦人科医をやっていましてね。うちの病院にパートで来ていたんです。そのとき妻の瑠璃子と出会いまして」

「そうだった、そうだった。スッカリ忘れておったよ。確か君の結婚式に呼ばれたんだったなあ。あれから何年になるの？」

「十三年ぐらいですか」

「子供さんは？」

「それが思うようにできませんで……」

「そうか」

言って緒方はコーヒーをすすった。

「しかし、隆峰はあれだけの病院を残して逝くと、後が大変だろう？」

「それは職員が良くやってくれていますので」

「隆峰の兄弟が何かと言ってこないかい？」

大宮嗣彦は緒方の言わんとするところを一瞬理解しかねて、緒方を見返した。すると、

「いや、何もなければ結構なことなんだが」

緒方は自分から言い出した話題を慌てて引っ込めようとしたのだ。その素早さに嗣彦はオヤッと不審な感情がよぎったのだった。そして帰宅した今も、緒方の一言は喉に突き刺さった魚の小骨のように心の何処かに引掛かったままだった。


「神戸の叔父に知らせた方がいいんじゃないだろうか？」

嗣彦は瑠璃子にそれとなく言った。

隆峰のすぐ下の弟、大宮湖峰は関西のある私立医大の整形外科教室を主宰して、そこそこの業績を挙げてきた。三人の息子達はいずれも湖峰の勤務する医大を出て、長男は市立病院の整形外科に勤務し、次男はアメリカに渡って病理医になっている。そして三男は父親湖峰の主宰する教室で整形外科をやっている。従弟に当る叔父の息子達に瑠璃子はなぜか、いい感情を持っていないのを嗣彦は感じていた。

「貴方がそうしたいと仰言るなら、私、構いませんけれど、父はそんなに悪いんですか？」

瑠璃子があまり乗り気でないことは解った。入院して元気を回復したかに見える現在、

慌てて知らせる必要が何処にあるのか。いずれ知らせないわけにいかないとしても出来るだけ時期を遅らせたいというのが瑠璃子の本音に違いない。

「しかし、叔父はこの病院の理事の一人でもあるし、そこはきちんとやっておいた方がいい」

嗣彦は言った。

「連絡は私がしますから、少し時間を下さい」

「しかし医者としてのボクの立場もある。あまり遅れてもおかしなことになる」

「言えば、すぐやってきますよ」

「それは当然だろう」

嗣彦は言った。瑠璃子の顔に不安な影が差した。

「あの人達に引っかき回されるのは、まっぴらだわ」

「まさか、そこまでは」

嗣彦は苦笑した。このところの看病疲れで、瑠璃子は幾らかナーバスになってきている。瑠璃子はなぜか子供の頃からこの叔父にあまり馴染めなかったようだ。情熱家の父親隆峰と違って何処かで絶えず算盤《そろばん》をはじいているような湖峰やその息子達の冷めた目に、瑠璃子は異質なものを感じていたらしい。疲れてくると本音を隠すことが難しくなるのだろうか。

「あたし、叔父が父とやり合っているのを知っているんですよ。この病院の後継者のことで！」

瑠璃子の口から意外な事実が洩れ始めた。

「兄貴の次はオレの方に委せるべきだって……」

敷地の一部が弟の湖峰の名義になっていることは、嗣彦は隆峰から聞かされている。

「父には跡継ぎがいなかったから、湖峰先生がそんな風に考えたのも当然だろう。向こうには医者になった息子が三人もいるんだ。その中の誰かを、って考えたって不自然ではない」

嗣彦は瑠璃子の過剰な反応を宥めようとした。

「これ、貴方がいらしてからの話なんですよ！」

「そうか」

嗣彦は思わず言った。が、その後に何と言おうとしたのか自分でもハッキリしない。

「まあ、その話は皆で相談すればいいじゃないか。それより父には残された日々を精いっぱい生きてもらうことが第一だ！」

それは息子嗣彦の掛け値なしの心情だった。

「乗っ取られないように気をつけてくださいね」

瑠璃子の口から、突然あからさまな言葉が飛び出した。その一言は嗣彦の胸に突き刺さって慌てさせた。緒方の不吉な言葉が嗣彦の心に蘇ったのだ。

〈しかし、あれだけの病院を残して逝くと、後が大変だろう？〉

〈隆峰の兄弟が何かと言ってこないかい？〉

〈いや、何もなければ結構なことなんだが〉

「良識のある人達だ。話せば解る」

嗣彦は強い口調でキッパリ言った。


大宮嗣彦の予想に寸分違わず、院長隆峰の食欲不振は間もなく始まった。膚のツヤが消え失せ、土気色した胃ガン特有の顔貌に変わるのに時間はかからなかった。

その日、嗣彦が朝の回診に訪れると、特別室の大宮隆峰のベッドはもぬけのからだった。食べ物を受け付けなくなってから隆峰の衰弱は目に見えてハッキリしてきていたから、遠くへ行くことは考えられなかった。大宮嗣彦は病棟師長の大原を電話口に呼び出した。

「院長はただ今お休みになっていらっしゃいますよ。お部屋で」

大原は言った。

「私は今、特別室から電話しているんだよ。ここにいない。院長室にもいなかった。一体、院長は何処に行ったんだ！」

「そんなはずはありません」

「はずがないと言ったって、特別室のベッドはもぬけのからなんだよ！」

言いながら嗣彦は、標本保存室ではないかと一瞬ひらめいたのだ。転移性胃ガンで余命いくばくもないことを悟った院長大宮隆峰は長年に亘って蒐集してきた病理標本の最後の整理に異常な情熱を燃やしていたのだ。

不妊学会での会長講演では「薬物による催奇形性と妊娠月数」と題して研究の一端を披露し、鋭い問題意識で聴衆に深い感銘を与えたばかりだ。

「あの標本の山を検索したら、恐るべき事実が明るみに出るかも知れないゾ、嗣彦君！」

学会の成功で興奮冷めやらぬ時、疲れた身体をソファーに沈めながら隆峰が問わず語りに言ったことがある。胃ガンが見つかる少し前だ。研究テーマの継承を娘婿の嗣彦に引き受けてほしい隆峰の本音が今にも見えてきそうな雰囲気だったが、娘の瑠璃子が先回りして話の腰を折ってしまったのだった。

「お父さんたら嫌ねえ、自分の都合ばかり言って。嗣彦さんには嗣彦さんの自由があるんですよ」

「いや、何もやってくれって言っているわけじゃないんだよ。ボクは嗣彦君が自分で一番興味のあるテーマを追究すればいいと思っている」

「そうかしら？　お父さんはそうじゃないと言いながら結局、自分の考える方に持っていく人ですからね。気をつけた方がいいわよ。嗣彦さん！」

娘の瑠璃子は不死身に見える父親にズケズケ言って、夫嗣彦の肩を持ったものだ。

「お父さんの手掛けているテーマはこれからますます重要なテーマになっていくはずですよ」

一応の敬意を表しながら、嗣彦は自分には無縁のものと決めている。内科医に転身して何年にもなるし、結婚前に産科医として大宮隆峰と深夜の分娩で単眼症の奇形児を取り上げて以来、標本保存室は生理的嫌悪を覚えて滅多に足を踏み入れたことのない場所になっていたのだ。内科医への転身には嗣彦が自覚している以上に、この時の体験が影を落としているに違いなかった。一旦離れると嗣彦はこの部屋に近づくだけで何処か胸騒ぎのする場所になってしまったのだ。

地階の分娩室の傍らから標本保存室が始まっている。入ってすぐの一角が顕微鏡や標本作成用機材と試薬類の棚が並んでちょっとした研究室になっている。嗣彦がドアを引くと薬品の匂いが眉間を刺激し、固い木製の椅子に後向きに座った院長大宮隆峰の骸骨のような姿が目に飛び込んできた。

「お父さん、こんなところにいたんですか。お身体に障ります。部屋に戻りましょう」

隆峰の肩に手をやって抱きかかえようとして、嗣彦は思わず息を飲んだ。どうやって持ち出したのか、隆峰のデスクの前方には単眼症の奇形児の詰まった大きなガラス瓶が置かれてあって隆峰の右手はしきりに胎児の外観をなぞるように写生しているのだ。

「嗣彦君、来たか」

隆峰は消え入りそうな声で言い、前を向いたまま写生の手を止めようとしない。隆峰は標本を手掛けるとき最初に細密画の手法で全体像の写生をするのが習わしだったからこの奇形児の研究は始めたばかりに違いない。しかし、素描はほとんど終っていて顔の中央の造作だけが残っていた。その空白に向かって隆峰はしきりに何かを書きこもうとしている。背後の嗣彦には一瞥もくれずに隆峰の筆は動き始めた。目でもなく、眉毛でもなく、乱れた小型文字が絵模様のようにノッペラボウの顔の中央から右回りの渦巻状に埋められていく。書きながら隆峰は口の中でしきりに何かをつぶやいた。嗣彦は目を凝らし、それが何であるかを知ったとき思わず息を飲んだ。

南無妙法蓮華経南無妙法蓮華経南無妙法蓮華経南無妙法蓮華経南無妙法蓮華経南無妙法蓮華経南無妙法蓮華経南無妙法蓮華経南無妙法蓮華経南無妙法蓮華経南無妙法蓮華経南無妙法蓮華経南無妙法蓮華経南無妙法蓮華経

顔面一杯乱れた文字で埋め尽くされたとき背後から大原病棟師長の声がした。

「こんなところにいらしてたんですか」

言って後ろから大原が覗き込んできた。その瞬間隆峰の奇怪な素描に驚き、大原は傍らの嗣彦を不安気に覗き込んだのだ。その顔に死期が確実に近づいているのを知った動揺が浮かんでいるのを、嗣彦は見逃さなかった。

「お父さん、師長も心配してくれています。今日はこのくらいにしてお部屋に戻ってください」

言うと嗣彦は大原に目配せし、左右から腕を回し、お構いなしに院長を抱き上げた。その瞬間、院長の肉体は華奢な折り畳み椅子のように軽がると、宙に浮かんだ。そのあまりの軽さに、嗣彦は標本保存室の資料の山の中から奇形児の大きな保存瓶を捜し出してきたのが隆峰であるとは、到底信じることが出来ないのだった。

「兄貴は肺線維症と聞かされていたもんで、そのつもりで来たんだが、あの痩せ方は尋常じゃないな」

叔父の湖峰が言った。整形外科学会で上京の途中、急遽立ち寄ったのだ。十二月のある暖かい日だった。院長室には朝の光が差して室内には穏やかな雰囲気が漂っているように廊下側からは見えるに違いなかった。隆峰が専ら特別室を使用するようになってから、嗣彦は隣接する院長室に自分のベッドを入れて、執務は院長室でやっている。内ドアがあって緊急時の対応が最も容易なのは院長室だった。中央のソファーに深々と腰を下ろした湖峰を迎えて嗣彦は心なしか不安気に構えている。

「義父《ちち》が風邪一つひかず元気に走り回っておられたので、つい、気配りが行き届きませんでして……」

嗣彦は言葉を詰まらせ、思わず頭を下げた。

「実は、MK（胃ガン）の肺メタ（転移）を見落としていたことが最近解りまして、早速緒方先生のところに相談に上がったんですが、父の考えを尊重して化学療法はやらないことになりまして……」

言いながら、嗣彦は今となっては湖峰の突然の訪問がかえって幸いしたのではないか、と秘かに考え始めた。

「まあ、内科専門医の君がそばについていたんだから、しゃーないわな。兄貴が悪いんだ」

「申し訳ありません。お呼びしていろいろ相談にのっていただこうと思いましたが、何分瑠璃子がナーバスになっているもので」

「多分そんなことだと思ったよ。まあいい」

湖峰はいかにも整形外科医らしい大雑把な物言いで嗣彦の懸念を払拭し、代りに院長室の壁に掛かった先代の写真をチラッと見て、腕時計を覗き込んだ。

「午前中に学会の座長の仕事が入っているもんでね。遅れるわけにいかない。まあ、兄貴の判断力は今もって健在のようだし、近々出直してくるよ」

湖峰は今にも立ち上がろうとした。

「湖峰先生、今、瑠璃子にお茶を入れさせますから」

嗣彦は慌ててデスクの電話を引き寄せた。

「気を遣わんでいい。時間がないんだ！」

湖峰は立ち上がった。帰りがけにもう一度、壁に掛かった先代の写真を湖峰はジッと見つめた。

「嗣彦君、大宮家は藩医の代も入れると兄貴で十六代になる由緒ある医家の家系でな。ここで兄貴もボクも育った。ここはボク等の故郷、一番休まるところなんだよ」

言って湖峰は院長室の古い調度品を懐かしそうに見回し、時間が迫っていることを思い出したようにコートを羽織った。

「それじゃあ兄貴を頼みますよ」

湖峰の目にキラリと光るものがあった。そして湖峰は母屋に立ち寄ることなく、そのまませわし気に帰って行った。湖峰の意外な一面をかいま見た気がして、嗣彦は暫く院長室で黙然としていた。

〈ツグヒコハ　タニンダ！〉

耳元で誰かがささやく声が記号のように聞こえた。何処かで胸騒ぎがして、嗣彦はハッとうたた寝から覚めた。何時眠ってしまったのか二時を少し回っている。昼食後病棟裏の母屋に戻ってソファーで横になったまでは記憶している。よほど疲れていたのか眠ってしまったのだ。瑠璃子の姿は見えなかった。声の主はセキセイインコのピピーに違いなかった。嗣彦はコーヒーを入れ、ピピーがもう一回おしゃべりするのを辛抱強く待った。

〈ツグヒコハ　タニンダ！〉

ピピーが再び言った。一体、誰が教え込んだのだろう。母屋のリビングには瑠璃子を除くと年配の通いのお手伝いさん以外は常時出入りする人間はいなかったから思い当る人はいなかった。瑠璃子は学生時代の親友を集めてはリビングで手芸教室みたいなことをやっていたが、メンバーは入れ替わり立ち替わりで、何時も取り留めのない雑談をやっていた。彼女達の誰かがピピーに興味を持って教え込んだとは到底考えられない。嗣彦は飲みかけたコーヒーカップを置いて、傍らの朝刊を手に取ったが、不快な気分が何処かにあって、見出しだけザッと目を通すと畳んでしまった。

「お前さんは、何ということを言うんだい？」

立ち上がって嗣彦は電話台の側のピピーの鳥籠に近づいた。退屈を持て余していたピピーは喜んで鳥籠の天井に足を掛け、嗣彦に片足宙づりをして見せる。それは機嫌の良いときピピーが必ずやってくれる十八番の演技で、リクエストに応えて何度も繰り返しながらしまいにはヒステリーを起こしてしまうのだった。嗣彦は残りのコーヒーを飲み干すと病棟詰所に午後の電話を入れて、特別室で寝ている父隆峰の様子を聞いた。

「特にお変わりありません。良くお休みになっています。血圧１６０の下が90、プルス84で不整脈はありません。痛みの訴えもありません」

大原病棟師長が看護記録を読み上げるように言った。

「朝のモルヒネが効いたんだろうね。暫く母屋のリビングにいるから、何かあったら電話連絡を」

嗣彦は言った。数日前から骨転移を思わせる背部痛が出現したので、嗣彦は予定の麻薬鎮痛剤の使用を開始したのだ。受話器を置こうとすると、大原の声が追いかけてきた。

「院長は母屋の自分の寝室を希望されているようですね。看護サイドに負担をかけるって余り強くは言いませんけれど私達は結構ですよ。一人、専任看護師をつけますから言ってください」

大原は気を利かせて言った。

「有り難う。いずれお願いするかも知れませんが、当分今のままでやりましょう」

嗣彦は受話器を置いた。先代院長の頃からいる大原師長にとって迫り来る隆峰の死は他人事ではないに違いない。寡黙で目配りの確かな大原に嗣彦は以前から温かい上質の人間性を見抜いていた。


「何処に行っていたんだ?」

帰宅してリビングに姿を現した瑠璃子を見て、嗣彦は不満そうに言った。

「ちょっとお買物に」

「それにしちゃあ、随分かかったじゃないか?」

「何時も何にも言わないのに」

瑠璃子が軽い逆襲をした。寛大な嗣彦は滅多なことでは、この種の文句を言ったことはない。

「神戸の叔父が朝から来ていたんだぞ！」

「知っています」

瑠璃子が言下に言った。

「貴方が朝の病棟回診に出て行ったすぐ後、今着いたってここに来ましたもの」

「何で電話を入れなかったんだ？」

「それは」

瑠璃子は言葉に詰まって、ピピーの鳥籠を覗き込んだ。

「あたし、叔父と大喧嘩したんですよ」

「何でまた？」

「叔父が許せないことを言ったからです」

「父のことで、かい？」

「それもあるけれど……」

ピピーが鳥籠の中でしきりに首を傾げる仕草をする。それはまるで複雑な人間模様の機微が解っているとでも言わんばかりのタイミングのいい反応だった。

「父からこの病院のことを聞いていません?」

「概略は問わず語りに聞いて知っているけれど……」

「言ってあげましょうか?」

瑠璃子はこの際すべてをバラそうとするかのように話し始めた。

官立T医学校第一期生の大宮峰岳は当時、医学界の主流だったドイツ医学を修めると、期するところあってロンドンに留学し、帰国後、ドイツ医学を捨てイギリス医学を実践するという進取の気象に富んだ人物だった。やがて二男一女をもうけると、秀才の誉れ高い長男隆峰と次男湖峰の二人を医者に仕立て上げた。二人の性格は極めて対照的で、隆峰は学究肌、湖峰は経営者的な素質に恵まれていたが、行く行くは先祖伝来の広大な土地にイギリス医学を教える私立医学校を建て、二人の息子に継承させるという壮大な夢を描いていた。晩年、峰岳はこの世を去るに当って壮大な事業の推進を長男隆峰に托した。次男湖峰は、学究肌ではあっても管理者的才覚に欠けた兄隆峰の緩やかな医学校設立への歩みを優柔不断と見て、父の選択に強い不満を抱くようになり、幾多の衝突の末、ある捨て台詞を残してこの地を離れたと言う。やがて長男隆峰には二人の娘が出来、関西の財界人の娘と見合結婚して神戸の住民となった次男湖峰には三人の男児が生まれ、いずれも医者に仕立て上げた。つまり父峰岳の遺志を実現するのにふさわしい人的資源は、長男隆峰ではなく次男一家に恵まれるという極めて皮肉な結果になって、今日に至った。瑠璃子の姉の百合子は大恋愛の末、銀行員と結婚し、三人の子供達はすべて文科系に進んだから、隆峰の末裔に医家を継ぐものが絶えることになった。

「その捨て台詞って、何だね？」

嗣彦は言った。

「兄貴は世継ぎに恵まれないだろう。オレは必ず戻って来る。大宮家は兄貴ではなくてオレを必要とするだろうって……」

「なんだか神がかりだね」

嗣彦は苦笑した。

「しかし、叔父さんは関西に行って正解だったんじゃないかい？　向こうでは整形外科医として成功したたし、今更この土地に未練があるとも思えんが」

「あの人は一旦決心したら五十年かかったって、百年かかったって必ず実行する人です。執念深い人ですからね」

瑠璃子は言った。

「今は違うんじゃないの？」

「叔父は、あたしに子供が出来ないのをさも心配しているみたいに、何度も聞いてきたんですよ。その都度、まあオレがいるから心配するなってね」

聞きながら、嗣彦はピピーの不穏なおしゃべりを思い出した。あれは今朝、嗣彦のいないリビングで、姪の瑠璃子と言い争ったとき湖峰が言い放った言葉ではなかったのか。嗣彦は自分が大宮家にとって未だ充分樹液の通っていない接木《つぎき》の小枝のような心もとなさを何処かで感じていた。

「叔父と話すと何時も落ち着かなくなるのよ」

瑠璃子は不意に涙ぐんだ。

「父が死んだらどうすればいいの？」

お嬢さん育ちの瑠璃子は一族の中で忍び寄る孤独におびえてきたのを嗣彦は初めて思い知らされたのだった。嗣彦が大宮家に出入りするようになった三十年代には、隆峰兄弟の確執は一応の決着が着いて、表面的には波風のない恵まれた一族に見えたものだ。温厚な隆峰は学究肌の医学者として、峰岳の残した病院を名実共に一級の医療法人に育て上げ、峰岳の描いた壮大なビジョンに向かって、それなりに実績を積み上げていったのだ。

「もう一つ、言いましょうか」

「まだあるのかい？」

嗣彦はうんざりして瑠璃子を見返した。

「貴方を大宮家に迎えるに当って、叔父は極秘に関西の興信所を使って調べてたんです」

「伝統ある医家の家系だから、何かと慎重を期したんだろう」

「違いますよ。貴方のことすべて調べ上げて機密資料として保存したんですよ！」

「何で、また？」

「いつか、それで貴方を脅すんじゃないの？」

「そんな、それは考えすぎだ！」

「事実ですよ。そのことで父が怒鳴ったことがあるんですもの。〈今後お前の進言は一切聞くつもりはない！〉ってすごい剣幕で父は怒っていた。暫く叔父の足が遠のいていた時期があったでしょう？」

何を思ったのか瑠璃子は急に嗣彦を見上げて、哀願するように言った。

「貴方、あたしの側にズッといてくださいね」

「何を言うんだ。当り前じゃないか」

言いながら嗣彦は、興信所を使って自分の過去の情報を握ったという湖峰に突然、得もいわれぬ恐怖心を覚えたのだった。

隆峰を病棟から母屋に移すことは娘の瑠璃子にとっても幸いだった。父の最期を心ゆくまでお世話したいという肉親の情に動かされたのは当然だったが、もう一つ、叔父湖峰が何の前触れもなくやってきて、隆峰にあらぬ遺言を書かせるのではないかという懸念があったからだ。抜目のない湖峰ならそのくらいのことは、臆面もなくやってのけるに違いない。目の届く母屋の和室に父を寝かせておけば、そういう心配はなくなる。

大原師長の計らいで、末期ガンの隆峰は間もなく専属の看護師と一緒に母屋に移ってきた。そして明るいうちはリビングに持ち込んだ簡易ベッドの中で、日がな一日、瑠璃子の家事を楽しそうに眺めていた。その柔らかい視線のなかに瑠璃子は落日のように衰えていく父隆峰の病状を捉えては逐一、嗣彦に報告している。

「時々、意味不明なことを言うときがあるの」

瑠璃子は新聞を広げ朝食後のコーヒーを飲んでいる嗣彦に言った。

「ああ……」

新聞から目を離さずに嗣彦は曖昧な返事をした。リビングの広いガラス窓の向こうには朝から小雪が音もなく降っている。中学時代に結核で死んだ母の紀子の最期もこんな風だったと瑠璃子は記憶している。あのとき父隆峰は職員の反対を押し切って結核病棟から母をこの母屋に移したのだ。母はそれから間もなく死んだ。女中の静子が迎えにきて瑠璃子は午後の授業を早退した。校門の前の坂道が折りからの雪で一面薄っすらと白くなり始め、静子の傘の下で滑らないようにゆっくり歩いて下ったのを憶えている。

「嗣彦君、嗣彦君」

窓辺で声がした。

「あなた、お父さんがお呼びですよ」

瑠璃子が新聞に心を奪われている嗣彦に催促するように言った。嗣彦はコーヒーの残りを飲み干すと、父のいる窓辺に行った。

「お父さん、嗣彦はここにいますよ！」

嗣彦は隆峰の耳元で大声で言った。

隆峰は宙に視線をさまよわせ、しきりに何かを言い出そうとしている。ややあって、

「嗣彦君、呼んでいるなあ」

隆峰は言った。嗣彦は瑠璃子と顔を見合わせ、思わず隆峰の枕元に顔を近づけて、次の言葉を待った。

「遠くで呼んでいるなあ」

窓の外は音もなく暗い上空から小雪が舞い降りてくる。

「何かが聞こえますか?」

嗣彦はハッキリ聞き取れるように言った。

「孫の声だ。遠くで呼んでいるなあ」

「百合子さんの子ですかね?」

「いや、君達の子だ」

いよいよ隆峰の逝くときが近づいたなと嗣彦は覚悟を決めている。

「瑠璃子の子がこの世の入口を探して泣いている。可哀そうだ。邪魔が入って出てこられない」

その一言は、嗣彦の背筋を電撃のように通り抜けた。

「ああ、ここには悪霊が棲みついている」

言いながら隆峰は疲れたのかそのまま静かに眠ってしまった。

「眠ったようだね」

嗣彦は傍らの瑠璃子にささやいた。それにしてもイギリス医学の信奉者として合理的思考を身につけたはずの隆峰が、死を前にして不可解な変貌を遂げたのは一体、なぜだろうか。

それから暫くして、母屋の隆峰が二度目の失踪事件を起こした。残された体力からいって、トイレか、その近辺に違いなかった。嗣彦は大騒ぎすることもないと考えて、誰にも知らせず一人であちこちの部屋を探し回ったが、隆峰の姿は見当らなかった。体力が残っている場合、隆峰が黙って行く場所としては院長室か病棟地階の標本保存室ぐらいしか考えられない。

嗣彦は秘かに地階の標本保存室のドアを押した。この予感は的中した。研究室の椅子に後向きに正座している痩せ細った隆峰の姿が目に飛び込んできたのだ。その異様な姿に嗣彦は吐き気とめまいを覚え、一瞬、気が遠くなったようだった。

隆峰の前にはガラス瓶に詰められたアルコール漬けの単眼症の胎児の標本が置かれ、異臭を放っている。隆峰の手になる胎児の細密画はいつ手を加えたのか、顔を埋め尽くした経文の中から二つの目が姿を現していた。その視線がジッと嗣彦を見つめているのに気づいて、嗣彦は思わず息をのんだ。

「嗣彦君。この子は父親を呼んでいる！　探して貰えんだろうか？」

隆峰の声のようでいて嗣彦の背後から聞こえてくる声に、嗣彦は謂れのない恐怖が襲いかかり、思わず隆峰の後ろから近づくと、痩せ細った頸の左右を両手で挟んだのだ。しかし、すぐに手の平に氷のような冷え切った感触が伝わってきた。頸動脈の拍動は全くなく、まるで物のような存在に変わっている。

〈死んでいる！〉

嗣彦の脳裏をはじめて覚醒した意識が走った。ところが、この後の嗣彦の対応ぶりは何とも不可解なものだった。院長室に駆け上がると、慌ててデスクの電話を取った。

「大原師長はいるかい？」

「ハイ、わたしですが」

「院長が母屋から姿を消した。院内にいることは間違いないが、秘かに探してくれんかね。わたしは標本保存室に行ってみるから、別のところをお願いしたい」

「そうですか？　母屋にいらっしゃらないんですか？」

大原師長の怪訝そうな声が電話の向こうでした。

「ところで、このことは内密にしてほしい。皆さんに迷惑を掛けたくないから、くれぐれもよろしく」

一気に言うと、嗣彦はよほど慌てていたのか、ガチャンと大きな音を立てて受話器を置いた。それから、一目散に階段を駆け下り、標本保存室のドアを開けた。そして、顕微鏡の傍らの内線電話を取って、再び病棟の大原師長を呼び出したのだ。

「院長がいた。研究室の椅子に座って、死んでいる！」

一気に言うと、外は雪だと言うのに嗣彦の額には汗が吹き出していた。その暑さから逃れるため暗幕を引こうと窓際に近づいたとき、何者かの手によって突然、暗幕が勢い良く引かれたのだ。目の前がパッと光が差したように明るくなった。

「誰だ！　そこにいるのは誰だ！」

嗣彦は全身総毛立ち大きな声で怒鳴った。その声で物蔭から姿を現したのは守衛の猿谷だった。

「院長からカーテンを引いてくれって、電話連絡があったもんで」

猿谷は背中を丸めて、上目遣いに嗣彦を見た。

「そうか、びっくりさせるじゃないか」

肩でハアハア息をしながら、構えた全身から力が抜けていくのが解る。と同時に、嗣彦は猿谷に一部始終を見られてしまったのではないかという不安が走った。

〈ここが肝腎だ。院長は死んでいたのだ。何よりも院長の肉体は氷のように冷え切って既に脈拍は打っていなかったではないか！〉

そう言い聞かせ嗣彦は深く息を吸った。そして、

「アッ、こんなところで院長が死んでいる！」

嗣彦は初めて気づいたように声を上げた。猿谷は黙っている。その意外なほど冷やかな視線を受けて、嗣彦は慌てて矢継ぎ早に言った。

「院長は椅子に座ったまま死んでいる。ほら、猿谷君、触ってご覧！　既に冷たくなっている！」

猿谷は、ビクッとし、嗣彦を無言で見返した。その目は、〈死んで冷たくなった死体が、守衛室に電話をしてくるもんか〉と言っているようで、嗣彦は動揺し視線を外した。

「そう、先生が見つけたとき、院長は既に死んでいました」

猿谷が無表情に言った。

猿谷はボイラー機械室に近いもう一つの入口から入ってきた可能性があった。嗣彦は二度自分で鍵を開け、一度自分で閉めた。嗣彦が開けたドアから入って来たとすれば、嗣彦の前を通らなければ、暗幕のロープに触れないはずだ。それに父隆峰は鍵の掛かった標本保存室の固い椅子に正座して死んでいたのだ。父は猿谷の誘導でもう一つの入口から入ってきたに違いない。猿谷はすべてを見ていたに違いない！

大原が慌ててやってきた。持参した血圧計のマンシェットを巻こうとして既にこと切れているのを知り、指示を仰ぐように嗣彦の顔を見た。

「残念だが父は亡くなった。無意味な蘇生術は父の望むところでない。このまま母屋に移してください」

「解りました。そのようにいたします」

深々と大原師長が頭を下げた。師長は傍らの内線電話を取り、病棟の日勤看護師に担架を持って迎えに来るように告げた。緊張が解かれ、辺りはにわかに慌ただしくなった。院長の冷え切った遺体は病院の担架に載せられ、小雪の降りしきる中庭を横切って母屋に運ばれた。

「お父さんは、保存室の椅子に正座して死んでおられたよ」

連絡を待ち受けていた瑠璃子に嗣彦は優しく言った。

「そう……」

ひとこと言って、瑠璃子は絶句した。

「実に父らしい立派な死に方だった！」

嗣彦は静かに付け加えた。


瑠璃子の懸念は考え過ぎだったのかも知れない。

父隆峰が瑠璃子の将来を案じ、立派な遺書を残して顧問弁護士に托してあったのだ。その内容のさわりは、凡そ次のようなものだった。
一、当医療法人清和会大宮病院は、亡き父大宮峰岳の遺志により本邦におけるイギリス医学の普及を目的とした医学校設立の母体なることを目的とす。
二、当清和会大宮病院は子大宮嗣彦が相続するものとす。
三、当院理事会は大宮湖峰及び湖峰の子の中、最低一名を加えるべし。
四、隣接の敷地及び家屋、軽井沢の別荘は瑠璃子が相続するものとす。
五、子大宮嗣彦は生涯妻瑠璃子を愛し亡き父峰岳の理念実現に向かって鋭意努力すべし。

六、第五項の実行あたわざれば、当清和会大宮病院の運営その他一切を速やかに大宮湖峰、またはその子等に移譲すべし。以上。

嗣彦の院長就任はこうして父隆峰の遺言によって死後間もなく実現された。叔父湖峰とその子達は異議を唱えることはなかったし、当然、別作成の遺書が提示されることもなかった。

「嗣彦君、しっかり大宮家を守ってくださいよ」

大宮湖峰は深々と頭を下げて嗣彦に言った。

父隆峰の死と共に嗣彦は産婦人科を一旦閉鎖するという、峰岳の理念の逆行とも受け取れる政策を打ち出した。大学の産婦人科では新しく選出された教授が清和会大宮病院への人材派遣に積極的でなかったことも一因だった。その裏には不妊学会会長を大宮隆峰と競って敗れた一件に関する新任教授側の拘りがあったと言われている。しかし、長い目で見れば生前、隆峰の薫陶を受けて産婦人科医になった数多くの後輩が育ちつつあったから、産婦人科復活の窓口がなくなったわけではなかった。神戸の叔父達もこの決定には敢えて難色を示すことはなかった。

婿養子大宮嗣彦は産婦人科の閉鎖と同時に大規模な改築を断行し、最新式の医療機材を備えた手術室や斬新な病棟を増設し、医療法人清和会十全病院と改名することで個人的色彩を払拭した。この改名には湖峰が当初難色を示したが、設立の趣旨からのまざるを得なかった。以来、内科、外科、小児科、整形外科、放射線治療科の五科を主体とする現在の診療体制の基礎が完成した。いずれの科にも嗣彦の母校の医局から医員が派遣されてきて、隆峰の時代とは違った形での復活が成し遂げられた。

病院改築に際して嗣彦は先代隆峰の情熱の証とも言える古い標本保存室の存続を強く主張した神戸の甥達に敢えて反対しなかった。そのため病院の一角は古い基礎の上に継ぎ足す形をとり、完成後は古い地階の手術室兼分娩室を閉鎖し、やがて倉庫として使用するようになった。結局、隆峰の愛した標本保存室は構造上自然閉鎖の形をとり、忘れられた存在になってゆくのに時間はかからなかった。

大宮隆峰の七回忌が菩提寺で行われた直後、瑠璃子は差出人不明の一通の書簡を受け取った。

「誰かしら？」

丁寧に書かれた宛名の筆跡には見覚えが全くなかった。

「間抜けな奴だな。まあ、読めば差出人の見当がつくだろう」

嗣彦は朝刊に目を落としながら、半ば上の空で返事をしている。瑠璃子はハサミを入れ、中からキチンと折り畳まれた一枚の色あせた半紙を取り出した。

「何、これ？　絵みたいよ」

瑠璃子は広げた紙面を嗣彦の前のテーブルに置いた。

「気持ち悪〜い！」

瑠璃子の不穏な声で、嗣彦は新聞越しにチラッと視線を投げ、次の瞬間、アッと胸の奥で叫んでいた。黄褐色に変色した半紙には胎児の全身像が描かれ、その顔は乱れた小型の文字で渦巻状に埋め尽くされていたのだ。嗣彦は七年前の標本保存室での一件を思い出すのに時間はかからなかった。それは末期ガンの先代院長大宮隆峰が病室を抜け出し保存室に籠って、ある保存胎児を前にして写生した単眼病理人体図だった。

「どうしたの、これ、顔一面に蟻が群がっている！」

瑠璃子が叫んだ。

「蟻じゃないよ。字みたいだね」

嗣彦は内心の動揺を抑え初めて見るように低い声で言った。言われて瑠璃子は顔を近づけたが、何処から読むのか皆目見当がつかない。彼女は一字ずつ漢字を声にだして拾い読みしていった。無、妙、法、蓮華……アッ、南無妙法蓮華経だわ！」

瑠璃子は半紙を近づけたり遠ざけたり、目を細めたりしながら、しきりに首を傾げている。

「何か、変かい？」

「うーん、気味の悪い絵だけれど、何かを表現しているのと違います？」

嗣彦は瑠璃子の手元を覗き込みながら、秘かに蟻の大群のように見える顔の中に何かを探していた。しかし、いくら目を凝らしても漢字の乱れた羅列以外の何も見えてはこなかった。

「何かおかしい？」

瑠璃子が嗣彦を横目で見上げて言った。

「いや、別に！」

「この子、助けてーって、叫んでいるみたいね」

「ああ……」

嗣彦は生返事をした。七年前の寒い雪の朝を思い出している。母屋から忽然と姿を消した末期ガン患者の先代隆峰が、こともあろうに標本保存室の固い木製の椅子に正座したまま死んでいるのが発見されたのだったが、あのとき隆峰の前に置かれた肉眼観察図の胎児の顔には経文に混ざって胎児の目が描き加えられてあったのだ。その二つの目は嗣彦をジッと見据えているようで、突然得も言えぬ恐怖に襲われたのを憶えている。その目がこの絵にはない！　あれは嗣彦の錯覚だったんだろうか？　あのとき前を向いて正座している隆峰が嗣彦に話しかけてきた気がしたが、思えば死んで冷たくなった死体が話しかけるわけがなかったのだ。しかも、声は後ろからだった。そう、あのとき守衛の猿谷が〈嗣彦先生が見つけたとき、院長は既に死んでいました〉と言ったのを嗣彦はハッキリ記憶しているのだ。疲れ切っていたから、一瞬の幻覚を見たんだろう。

「この絵、どうしましょう？」

瑠璃子が言った。

「差出人不明じゃあ、無視するより他ないだろう」

「いいんですか？　無視して」

瑠璃子は何か言いたそうにしている。

「警察に届けるとか……」

「ばか、放っておけ！」

嗣彦は言下に否定した。その言い方の激しさに瑠璃子は自分が詰られているような不条理な感情を抱かずにはいられなかった。

「頭のおかしな奴の悪質なイタズラだよ」

「そうですか？」

瑠璃子が言った。そこで話は途切れた。嗣彦は新聞を再び取り上げると、読み残した文化欄の論壇時評に目を落としたが、上滑りに視線は移動して思考がついていかなかった。嗣彦は朝刊を畳み、いつもより若干、早く母屋を出た。


一体、誰が、何の目的で、送りつけてきたんだろう？　嗣彦には内心単なる悪質なイタズラとは思えなかった。病院経営は順調で、職員のトラブルも深刻なものはないはずだ。隆峰の七回忌の直後だから、或いはそのことと関連があるかも知れない。黄ばんだ半紙にかかれた経文は、大宮家の菩提寺のものでもあるのだ。

思えばあの不吉な写生画は、ゴタゴタに紛れて忘れてしまい、嗣彦が再び標本保存室に行ったときには、胎児標本と一緒にきれいに跡形もなく片付けられて入口は鍵が掛かっていた。守衛の猿谷が整理したんだろうか。あのとき嗣彦は奥の標本室を探せばすぐにでも出てくる気がして、そのまま戻ってしまったのだった。以来、一度も近づいたことはない。

朝の院長室には書類が溜って、嗣彦の決裁を待っていた。その束にざっと目を走らせ、コーヒーを沸かしに、流し台に立った。そしてフト、備え付けの鏡の前に立ったとき、得も言えぬ恐怖心が突然嗣彦の身体を走り抜けたのだ。鏡の奥で誰かが嗣彦を見ているではないか！

「誰だ！　そこにいるのは」

嗣彦は大声で叫んだ。その恐怖の頂点で身構えたとき嗣彦は、その人物が他ならぬ自分自身であることに気づいて、足元から力が抜けて何かにすがりつきたくなったのだ。

〈俺は疲れているな〉

ソファーに身を沈め、嗣彦は軽く目蓋を閉じた。いくつかの想念が脈絡なく浮かんでは消えてゆく。その光景は潜在意識の底から千切れて湧き出る形而上学的雲塊のように何かを暗示していた。思えばこの家にやってきてから、嗣彦は次第に何者かにおびえるようになった。標本保存室に近づくと落ち着かなくなり、叔父湖峰の不意の訪問におびえ、最後は父隆峰の後ろ姿に得も言えぬ恐怖を覚えたのだ。そして、今朝はこともあろうに鏡の奥の自分におびえるなんて、全く俺はどうかしている！

　院長室のドアを誰かが激しくノックした。

「どうぞ！」

　言うか言わないかのうちに入ってきたのは、病棟師長の大原だった。

「誰かが院長室で怒鳴っているって、病棟に連絡してきたものがいるんです。院長に何かあってはと思いまして、一応確認のために参りました」

　大原は室内の四隅を見回しながら言った。

「いや、この部屋は今までずっとわたし一人っきりだった。何かの間違いだろう。気をかけてくれて有り難う」

　嗣彦は視線をそらして、とっさに取り繕った。

「そうですか、それなら安心しました」

　大原は嗣彦の説明を疑う様子もなく、そのまま出て行こうとする。

「大原師長！　折角来たついでに一つお願いがあるんだが」

「ハイ、承りましょう」

言って再び入ってきた。

「実はこの洗面台の鏡なんだがね。前に立つと若干暗くて、顔がよく見えないんだなあ。営繕に伝えて貰えんかね。出来れば上に照明の付いたものに取り替えて欲しいんだ。最近はいいものが出ているんでしょう」

「解りました。確かにちょっと暗いかも知れませんね。営繕に言って早速取り替えさせます」

大原は出て行った。院長室は峰岳の代からの古い建物をそのまま使っていたので、旧式の内装はときに不都合なことがあったのだ。この院長室を残すというのは、増改築のとき神戸の叔父大宮湖峰が強く要請したものの一つで、嗣彦は敢えて反対しなかったのだった。

大原が出て行くと嗣彦は再びソファーの背もたれに頭を載せた。間もなく猿谷がやってきた。守衛の猿谷は手先の器用な男で、簡単な修理なら大抵自分でやってしまう。職員達は重宝な猿谷に何かと頼んでいるうちに猿谷は病院の営繕を兼任するようになっていた。

「院長、これなら自分がやれますよ」

修理の概要を聞いて猿谷が言った。

「ただし、近くに配線が来ているかにもよりますがね」

言って猿谷は鏡のところに行き、鏡に手を掛けてヒョイと持ち上げた。簡単な留め金で固定されていたらしく、その小型の姿見は猿谷によって軽々と取り外された。猿谷は鏡のあった壁跡を数ヵ所丹念に叩いて発する音を聞き分けていた。

「大丈夫です。この工事なら自分が出来ます」

「そうかい？　専門業者に頼まなくても出来るかい？」

「早速、照明付きのを探してきますよ」

言って猿谷は出て行った。

行きがかり上猿谷に頼んだが、嗣彦は今一つスッキリしないものが残った。かって父隆峰が研究室の固い木製の椅子に正座して前を向いたまま死んでいるのを発見したとき、嗣彦は自分でも不可解な行動をとったことがある。慌てて一旦姿を消した後、再びやってきて、そのとき初めて発見したようなふりをして病棟に電話を入れ、病棟師長の大原に驚いてみせたのだ。

あのとき、いつ入り込んだのか守衛の猿谷がそこにいて突然、暗幕を引き嗣彦をうろたえさせたのだった。つまり、猿谷は嗣彦の不可解な行動の一部始終を見届けることが出来る場所にいたのだ。あのとき、隆峰の背後から左右の頸動脈に向かって伸びた嗣彦の両手を猿谷は見なかったか！〈嗣彦先生がやってきたとき既に院長は死んでいました〉と言った猿谷の配慮の行き届いた言葉は、いかにも不自然ではなかったか。そのうえ標本保存室のデスクの上の胎児の標本とあの奇怪な細密画を片付けたのは猿谷の可能性がある。隆峰は生前標本保存室の収納棚の掃除を猿谷にやらせていたのだ。この点を確認したいところだが、七年も前の一件を今さら持ち出すのもためらわれた。差出人不明の手紙が舞い込んだ直後だから、なおさら慎重に対処しなければならない。

嗣彦は病棟師長の大原に電話を入れた。

「早速、猿谷君が見てくれてね。自分で大丈夫だって言うんだ。で、彼に頼んだよ。今彼が来ているんでね。病棟回診はちょっと遅れるが、よろしく」

「承知しました」

受話器の向こうで大原の声がした。猿谷は電話の最中に出て行ったが、その堂に入った背中を見つめながら嗣彦はなぜか気が重くて、暫くソファーに身体を沈めていたかったのだ。

便利屋の猿谷は一見陰気に見えるがそれは寡黙な性格のためで、立場上知り得た秘密を軽々に漏らすような人間でないことは長年見てきて間違いなかった。事実、七年前の標本保存室での一件は嗣彦の思い過ごしに違いなく、隆峰の死因を巡ってあらぬ噂が飛び交うこともなかった。だが、嗣彦はあの日以来、なぜか寡黙な猿谷に恐れを抱くようになったのだ。

病棟回診を終えて院長室に戻ってきたとき、嗣彦はフト何かを思い出して、内科医局に電話を入れた。

「鳴海君、いるかい?」

鳴海を呼ぶ声がして、電話口に人の気配がした。

「鳴海ですが」

「いや、急ぎの用じゃないんだけれどね。少々聞きたいことがあるんだ。手が空いていたら院長室に来て貰えんかね」

「いいですよ。じゃあ、すぐに伺います」

内科医長の鳴海は二つ返事で了解した。

鳴海はものの五分もしないうちに院長室のドアをノックした。

「まあ、入り給え。今、コーヒーを入れるから」

「院長、わたしがやりますよ」

鳴海が恐縮しているうちに、嗣彦はサッサとインスタントコーヒーを入れて応接セットの脚の低いテーブルに二つ置いた。

「確か、君は当清和会十全病院内科に赴任するまえ、何処かで精神科の患者を診ていたことがあったんだったね」

言いながら嗣彦はコーヒーカップを手にとり、鳴海に勧めた。〈話が長くなるな！〉と鳴海は覚悟を決め、ソファーに深く腰を沈め、嗣彦に続いてコーヒーカップを手に取った。

「それはだいぶ前のことです。今ではすっかり忘れてしまいましたけれど」

鳴海は最初の一口を飲むと、

「何か？」

言って、嗣彦を見た。

「いや、ちょっと教えて欲しいんだが」

嗣彦は、何処から話したものか迷っているらしく、視線を逸らし、虚空を見つめて目を細めた。

「〈恐怖感〉というものは、フロイト精神医学では何を表現していることになっているんだね」

「恐怖感と言っても……」

嗣彦の漠然とした質問に、鳴海はちょっと戸惑った。

「やあ、すまん。ボクの聞き方が悪かったようだ。例えば、こういう場合を想定しよう。ある人が普段からこのコーヒーカップを使い慣れていたとしよう」

嗣彦は飲みかけのカップを鳴海の前に差し出した。

「ところが奇妙なことに、ある時期からこのコーヒーカップを前にすると心が落ち着かなくなった。理由は当然、本人にも解らない。やがて落ち着きがないのを通り越して恐怖感に変わったとする。こういう場合、コーヒーカップを替えたらどういうことになるんだね？」

鳴海は少し考えて言った。

「最初だけでしょうね。いいのは」

「なぜだね。この場合、恐怖感の引き金は目の前にないんだよ」

「じきにコーヒーカップに替わるものが出てきますよ」

「なぜ?」

「問題は、その人がなぜ理由がハッキリしない恐怖感に襲われるかなんですよ」

嗣彦は鳴海の口元を見つめ、その先を促すように待った。

「この場合、コーヒーカップは記号みたいなもんなんです。たまたま形態や色調、或いは何等かの原因で自分の内面を投影し易かっただけですよ。問題は恐怖の本当の原因を意識下に閉じ込めて気づかなくなっていることなんですよ」

「それじゃあ、どうすればいいんだ?」

「抑圧された感情の解放ですよ。恐怖から自由になるためには」

「しかし、本人には何が抑圧された感情なのか、皆目解らないのが普通じゃないのかね。一体、こういう場合、どうすればいいのかね」

「それはいろいろ手段がありますけれど」

鳴海は昔を思い出すように院長室の窓の外に目をやった。

「ロールシャッハテスト、自由連想法、かってのシュールレアリズム運動で、詩人アンドレ・ブルトンが試みた自動筆記なんかも、潜在意識の意識化を目指したものなんです」

話が段々難しくなるに連れ、鳴海は懐かしそうに精神科時代を思い出しているようだった。

「ところで院長、何でまたこんなことにご興味を？」

鳴海はフト気になって言った。

「いや、まあ、君ならなんて答えるのかと思って」

嗣彦は答えにならない答えをした。鳴海の顔にサッと不審が過ったように見えた。

「テレビのドラマの中で」

嗣彦は慌てて付け足し、最後を口のなかで曖昧に誤魔化した。

「そうですか。しかし、フロイトの心理学は広く知られている割りには、精神医学会では継子扱いみたいなもんでしてね。ほとんど話題にも上りません」

「そんなもんかね？」

「ええ。精神科の連中は神経病理や生化学的アプローチをやる奴が大部分で、精神分析は隅に追いやられているんですよ」

言って鳴海は昔を懐かしむように笑った。

院長室の鏡の付け替えは猿谷が目的の製品を製造元まで問い合わせたりして、意外に手間取った。作業は意外なほど丁寧で、配線が室内から見えないよう工夫を凝らしてあった。半日も費やして仕上げた出来栄えに、猿谷は内心ホッとしているようだった。

「院長、遅くなりましたがやっと出来上がりました」

猿谷は律儀に遅れたことを詫びた。

「この紐を引けば、蛍光灯がつきます」

言って猿谷は自分で引いて見せた。少し遅れて鏡の上縁の小型の蛍光灯が点灯し、まばゆいほど明るい寒色系の光が嗣彦の目に飛び込んできた。

「大したもんだ。とても素人仕事には見えない」

嗣彦は心底感心し、

「ところで費用はいくらかかったかね?」

「大したことないです。卸で見つけてきましたから、二束三文ですよ」

猿谷は取り合わない。

「一応、病院の備品だから必ず事務に請求してくださいよ」

言いながら嗣彦はフトある考えが浮かんで、背広の内ポケットから札入れを取りだし、五、六枚掴むと猿谷のポケットに素早くねじ込んだのだ。

「院長、駄目ですよ！」

猿谷は驚いて払い退けようとした瞬間、札束の厚みを素早く目測するのを忘れなかった。

嗣彦はオヤッと猿谷の一面を見た気がした。

「こんなに……」

「まあ、ボクの気持ちだ。取っておいて」

嗣彦は声を落として言った。

「そうですか。じゃあ遠慮なく。何かあったらいつでも言ってください。すぐに参ります」

猿谷は何度も礼を言って出て行った。猿谷が行ってしまうと嗣彦は洗面台の前に立ち、確認のため傍らの垂れ紐を引いてみた。少しして、カチカチ音を立てながら蛍光灯が点灯した。寒色系の明るすぎる色合いのためか、鏡の中の己の顔は若干青ざめて見える。嗣彦は見たくないものを見たときのように、そのままスイッチを消した。


朝、母屋のリビングで食事をしていると、鳥籠の側の電話が鳴った。ピピーが驚いて籠の中で暴れ回り、瑠璃子は慌てて受話器を取った。

「瑠璃子さん。見た？」

電話の主は開口一番、訳の解らない言葉で話し始めた。

「エッ？」

瑠璃子は言葉を詰まらせた直後、それが誰からであるか知った。電話の声は遠方からだった。

「今朝の新聞よ！」

「それは未だですが」

瑠璃子は気のない声で応じている。

「誰からだ？」

「神戸の叔母からよ」

受話器を塞いで瑠璃子が言った。六時過ぎで、こんな早くに叔母が電話して来たことはなかったのだ。

「そう。実は今朝の新聞にパパのことが出ているの。でも記事は全部出鱈目、迷惑しているのよ。それを言おうと思って、神戸からお電話しているの。嗣彦さんにそう伝えてね」

「ハイ、で、何新聞？」

瑠璃子が聞き返したとき、電話は既に切れていた。

「も〜何よ。勝手に喋り捲くって、こっちが聞こうと思ったらガチャンなんだから」

「何の用だったんだ？」

嗣彦が怪訝そうに言った。

「今日の朝刊に、叔父のことで出鱈目の記事が出ているから、嗣彦さんに伝えてくださいって」

「何新聞だ？」

「知りませんよ。すぐにガチャン、ですもの」

嗣彦はテーブルの上の新聞の束を取った。三種類の日刊紙のなかで、関西に本社を置くA新聞を真っ先に開いた。

「何か出ている？」

瑠璃子が身を乗り出して、嗣彦より先に見つけようと、横からページを繰り始める。やがてページを繰る手が止んで、二人の視線は動かなくなった。


【私立阪神医大理事長が大学運営基金の不正流用か

神戸発＝幕内記者。二十一日までに本紙の得た情報によると、名門私立阪神医大で、過去五年に亘り巨額の大学運営基金の不動産及び証券投機への流用が行われ、回収不能に陥っていることが判明した。投機の総額は年間運営基金の50％にも及び経営を圧迫、不採算部門の縮小化と最新鋭医療器機購入の凍結による難局打開策を打ち出したが医療レベルの低下が懸念され、全学的な問題になっている。また文部省による私学助成金交付の見直しと一時凍結が検討されている模様。大学創設の功労者大宮湖峰理事長（整形外科教授兼任）本人がこの問題に深く関わってきたことを指摘する内部関係者もおり、その責任を巡って事態は更に紛糾が避けられない模様】

この後に関係者の匿名証言と理事長大宮湖峰の弁明が載っているが、いかにも湖峰らしい強気の発言に終始している。

「これ、本当だったらどうなるの？」

瑠璃子が嗣彦の顔を覗き込んで言った。

「責任を取らされるだろうな」

「そうなったらどうなるの？　うちの病院は」

瑠璃子の心配はその一点に必ず帰ってくる。

「直接関係ないよ」

嗣彦は一片の疑念もないように言った。

「叔父や従弟達は帰ってくる気にならないかしら？」

瑠璃子は尚も不安が募るらしかった。

「今さら、そんな気はないだろう」

嗣彦は新聞に目を落としたまま気のない返事をした。

「この間の差出人不明の手紙だって、向こうが送りつけたんじゃないの？」

瑠璃子は突然、ヒステリックに突拍子もないことを言い出した。それは事の重大性に少しも気づいていない嗣彦に対する瑠璃子のゆさぶりのようでもあった。

「そんな馬鹿な！」

嗣彦はひとこと言って、瑠璃子の考えを一笑に付そうとしたが、

「どうしてそういうことになるんだね」

嗣彦は何処か心に引っ掛かるところがあって、付け加えたのだ。神戸とあの手紙とは距

離がありすぎたが、嗣彦夫婦にとって不安を喚起させる点では、奇しくも共通しているのだった。

「父の七回忌のとき、あなた変に思わなかった？」

「何が？」

「叔父達よ」

「別に。気のせいじゃないか？」

「あたし、なぜか気持ちが落ち着かなかったの」

「昔から、いつも君は神戸に良い感情を持っていなかったからな」

嗣彦は言った。

「父が死んだときだって、叔父達は好意的に動いてくれたじゃないか。考えすぎだよ」

それは確かに嗣彦の言う通りだったが、だからと言って瑠璃子の不信感が拭えるものでもなかった。

嗣彦は軽い朝食の後、コーヒーをお替わりして母屋を出た。神戸からの突然の電話で朝のくつろぎの時間が過ぎてしまっていた。中庭に立つと上空を覆う曇天から小雪が降り始めていた。父隆峰が死んだ日も、雪の降りしきるひどく寒い朝だったのを嗣彦は思い出した。

古い建築物の院長室は冷え切って、よそよそしく静まり返っていた。嗣彦はスチームの栓を開け、レザーのソファーに腰を下ろした。氷のような感触が脚の裏に伝わって嗣彦は思わず立ち上がった。熱い水蒸気がパイプをつたって室内に入り込んでくる音がカラカラ鳴っている。暫くすると室内は過剰に暑くなってくるはずだった。

嗣彦は朝の突然の電話で日課の髭剃をしていないのを思い出した。このままの不精髭で病棟に出るのもちょっと気が引ける。少し前、猿谷が骨折って取付工事してくれた洗面台の前に立った。蛍光灯の色調がなぜか気に食わなくて、折角作ったものの嗣彦はほとんど使っていなかった。

傍らの紐を引くと、カチカチ鳴ってパッと目の前が明るくなった。嗣彦は思わず目を細め鏡を覗き込んだ瞬間、アッと声を上げげそうになったのだ。

〈顔がない！　馬鹿な、そんな馬鹿な！〉

足元から鳥肌が昇って、それが顔一面に広がったとき、嗣彦の恐怖は、ある一つの発見で急に氷解したのだった。嗣彦はホッとし、腕を伸ばして指先で丁寧に鏡の表面をなぞった。拭ったその下から鏡に映った嗣彦のさえない顔がこちらを見ている。嗣彦に戦慄を与えたノッペラボウの顔は、壁の隙間とスチームの温度差で生じた鏡の中央の曇りで、その円形の部分が前に立った嗣彦の顔に重なって、目鼻立ちを見事に隠していたのだ。こういう馬鹿気た錯覚も、元はと言えば隆峰が描いたあの奇怪な胎児細密画の記憶のせいに違いなかった。

嗣彦は髭を剃り落とすと、白衣を着け、何もなかったように朝の新患カンファランスに下りて行った。

第四章　陥穽

　有森祐子の一件以来、院長大宮嗣彦が月曜病棟カンファランスに出てくる回数が減ったのを鳴海は奇異に感じている。いちいち数えたわけではなかったが、新患入院患者の診断と治療方針を巡って出席者の間で見解の相違が出たとき、司会者は必ず最後に院長のコメントを求めるのが慣わしだったから、不在が続くと若干、気にならないこともなかった。

「院長は？」

　カンファランスがはねたあと、廊下で擦れ違った鈴木外来師長を捕まえて聞いたことがある。

「院長？　院長だったら今さっき大原さんと話していたから、病棟詰所にまだいらっしゃるんじゃないですか？」

言って鈴木外来師長は忙しそうに診察室のカーテンの向こうに一足先に消えた。朝の廊下や待合室には外来患者が早くも溢れて、一部壁際に立っている患者や家族もいる。カーテンの蔭から採血が終った患者が止血の脱脂綿を指で押さえながら、会計カードを小脇に挟んで身体を屈めて出て来る。何時もの週明けの外来の雑踏が始まっていた。

内科診察室には既に山のようにカルテが積み上げられて鳴海を待っていた。

「院長、いらした？」

鈴木師長が気を使って聞いてきた。擦れ違ったとき若干、鳴海に忙しそうな顔をしたことを気にしていたのだった。

「いや、まあ」

鳴海は曖昧な返事をした。少し遅れて隣の診察室から嗣彦の声が洩れてきた。

「院長、いらっしゃいましたよ」

鈴木が小声で鳴海に合図する。

「いや、もう済みましたから」

鳴海は言った。

午後遅い食事をしていると、嗣彦がやってきた。

「鳴海君、朝、ボクを探していたって鈴木君から聞いたんだがね。何か用かな?」

言って嗣彦は定食のトレイを鳴海の隣に置き、スチールパイプの椅子を引いて腰を下ろした。

「いや、大したことではないんで、もう済みました。有り難うございます」

鳴海は慌てて口をモグモグさせて言った。

「お忙しそうですね」

口の中のものがなくなると、鳴海は改めて聞いた。

こんな漠然とした聞き方でも、嗣彦は何かを言い出さないとも限らなかったからだ。

「古い建物も良し悪しだなあ、鳴海君」

「何か、あったんですか?」

「ボクの院長室は先代からの建造物なので、何処からともなく音が響くんだ。それがいつもじゃない。何かの拍子にすぐそこに聞こえたりするんだな。株式市況のニュースが聞こえたりするんで、おかしいなと思ったら何処が震源地だったと思う?」

「さあ、病室でしょうか?」

「いや、これが地階のボイラーの側の守衛室からなんだ。驚いたね、守衛室からあそこまで届くなんて」

嗣彦は味噌汁をすすり、飯を口に運んだ。

「換気口か何かを伝わってくるんですかね」

「そうそう、古い建物だからあちこちの隙間を通って伝わってくるんだろうね。風向きや部屋のドアの開閉で、条件が合うと響くんだろうね」

「直すんですか？」

「いや、院長室は設立の趣旨から出来るだけ壊さないことになっているんでね。壊さない代りに猿谷君に言っておいたよ。株をやるのはいいが、もっとラジオのボリュームを落とせってね」

「とんだところで隠れた私生活が発覚してしまって、猿谷さん、今ごろ慌てているのと違いますか？」

言って鳴海は笑った。

「君はお弁当持参組かい？」

嗣彦は横を見て初めて気づいたように言った。

「まあ」

「そうか。作ってくれる人がいていいなあ！」

鳴海は村上和子の満ざらでもない顔が目に浮かんで、俺を甘く見るなって何処かでつぶやいている。

「院長だって、すぐ裏にご自宅があるじゃありませんか。昼に食事に帰れるなんてボクらから見れば最高に贅沢ですよ」

言いながら、嗣彦が職員食堂にやってきたのは、そのときが初めての気がしている。

「今日は何で、また？」

「女房がいないんだ。クラス会の当番幹事だって、朝から出かけているんでね。女って何であんな集まりに熱中出来るんだろうね」

嗣彦が言った。鳴海は聞きながら、嗣彦が突然、何で猿谷の話を持ち出したのか若干、解せない思いが募った。

「院長、今朝、守衛室にいらしたんですか？」

鳴海は率直に尋ねた。この種の他愛のない疑問は、そのとき聞かないとおかしなことになる。

「ああ、猿谷君と話し込んでいたよ」

「そうでしたか」

それにしても週明けの早朝、新患カンファランスに姿を見せずに守衛室にいたのは一体何故だろう？　嗣彦が行ってしまうと、鳴海のいつもの追及癖が始まった。そして早くも鳴海はアッと声を出しそうになったのだ。株式放送は十時過ぎにならないと始まらないはずだ。院長室に聞こえてきたのは別の何かではなかったか？　それは嗣彦を不快な気分に陥れるものではなかったか？　鳴海は次々に連想をたくましくしたが、一方では、そういうことが現実にありうるだろうかという疑問が起こり、一旦膨らんだ鳴海の想像力は穴の空いた風船のように間もなく萎んでしまったのだった。


「院長が来ていたでしょう？」

後ろで声がした。鳴海は振り向かずに、

「遅かったじゃないか？」

無遠慮に言った。月曜の再来はいつも混んでいて、薬局の混雑のピークはその後にやってくるから、薬剤師の村上和子は鳴海より遅れて食堂に顔を見せるのが常だった。それにしても今日は遅すぎる。

「鳴海先生、院長と熱心に話していたから、あたし、お邪魔虫するのは止めたんです」

言って、例の如くウフフと笑った。

「で、一体今まで何処にしけ込んでいたんだい？」

「エヘヘ、何処でもいいでしょうに」

「言えよ、もったいぶらないでさ」

「言うほどのところじゃないんです」

村上和子は思わせ振りに口を閉ざし、代りに持参した弁当を開いた。鳴海のものと同じ中身だ。この瞬間を嗣彦が見たら、気がついただろうかと鳴海はフト考える。

「聞きたい？」

一口食べて村上は言った。

「別に！」

鳴海は無関心を装っている。

「実は今まで君の話題で持ちきりだったんだ！」

鳴海は適当に話を作って秘かな逆襲を試みる。

「また、あたしをからかって……」

もう一押しで村上が喋り出すのは解っている。

「きっと悪口でしょう？」

「忘れたね」

「いいんです。別に知りたくありませんからね」

と言って、

「あたし地階の守衛室に行っていたの。別に言うほどではなかったでしょう？」

「何でまた、そんなところに」

鳴海の脳裏を何かがかすめた。

「たまには遊びに来ない？って猿谷さんに言われたものでして、ウフフ」

思わせぶりに言って鳴海の顔を見た。

「で、どうだったんだ？」

鳴海はお替わりのお茶をポットから注いだ。

「面白いこと聞いちゃった。知りたい？」

「折角だから聞いておくことにしよう」

村上和子は鳴海の持って回った物言いに笑った。

「あの人、昔バクチで全財産なくしたんだって」

「それ本当かい？」

「もちろんよ」

「本当なら、奥さん大変だったろうね」

「そこは大丈夫みたい」

「なぜ？」

「とっくに離婚しているから」

村上はちょっと鳴海をからかった。

「でも、バクチだけは火葬場まで止められないだろうって、言っていたわよ」

「ということは、今も現役っていうわけだ！」

「もちろんよ。部屋は競馬新聞や株式新聞のファイルが一杯。いつか極意書を書いて元を取るんだって」

「それは意外だったな！」

言いながら次に何か言い出さないか鳴海は待ったが、彼女は取っておきの何かを持ってきた風でもなかった。

「院長のこと、何か聞かなかったかい?」

「別に?」

村上和子はオヤャッと不思議な表情を作った。

「それが変なのよね。先週の金曜日だったかな。あたし達、三時のお茶を薬局でやっていたら院長がフラッとやってきて、〈僕もいいかい?〉って言うんです。〈どうぞ〉って言ったらお茶を呑みながら、〈君達、人生で何が一番大切だと思う?〉って突然難しい話を始めるのね」

「で、君はなんて答えたんだ!」

「なんて言ったと思う?」

「そんなこと、ぼくに解るもんか!」

「やっぱり、私の回答、後回しにします」

村上和子がウフフと笑った。

「勿体ぶるなよ!」

鳴海は深く追及しない。

「じゃあ、石井さゆり君は何て言ったんだい?」

「安定した生活、かな!」

「川本晴美君は?」

「尊敬できる人って、一応答えてました」

「君は?」

鳴海は、今度は君の番だ。逃げられないぞ! と言わんばかりに彼女の口元をジッと見つめた。

「愛!」

村上和子はひとこと小声で言った。

「エッ何だって?」

鳴海は意地悪く聞こえなかったふりをする。

「愛! 愛って言ったの」

「何だ、最年長の君が一番軽い答えじゃないか。相変わらず〈玉子焼き〉から少しも進化していない」

「でも、院長先生の評価は一番よかったんですよ」

「院長は何て言ったんだ？」

「〈そう、村上君、君が言うように人生には愛が一番必要なんだ！〉って。〈愛のない結婚は君、墓場だよ〉だって。聞きもしないのにね」

普段接している嗣彦院長からは想像できないこのエピソードを、鳴海はこのとき若干、不吉な思いで聞いたのだった。そして職員食堂に現れたのを最後に嗣彦が姿を消すことになるとは誰が予想できただろう。

五月の連休明けの月曜日、清和会十全病院の職員百八十名が大会議室に緊急招集され、大宮嗣彦院長の突然の辞任が報告された。辞職の理由は一身上の都合という甚だ抽象的なもので、それ以上の説明は全くなされなかった。後任院長は先代院長大宮隆峰の実弟大宮湖峰の就任が既に決まっていた。

辞任が唐突なだけ、その真相を巡って早くも様々な憶測が飛び交っている。きっかけは前後して守衛の猿谷が辞めたことだった。嗣彦院長の辞任は、理由がハッキリしないだけに守衛猿谷の退職との関係が取りざたされ、辞任ではなく事実上の解任だったというのが専らの噂だった。

しかし、そのどれも憶測の範囲を出ない。例えば最も信憑性のある見方は、バクチによる自己破産から猿谷を救済するため、嗣彦院長が院長決裁の予算を流用して傷口を大きくしたというものだった。猿谷のバクチ好きは一部の古い職員の間では知られていた。かって院内で無尽講を取り仕切って何人かに損害を与えたことが、今になって発覚した。しかし、嗣彦にはそこまで肩入れする必要があったというのも信じ難い。二人してバクチの現場を押さえられたという荒唐無稽な共謀説も一時流れたが、温厚で職員の信頼の厚かった嗣彦にとってはありえようもない話で、じきに消えた。確かなことは政権交替が極めて素早く実行されたこと。そして関係者達がこのことに関して固く口を閉ざしていることの二点だった。五月の三連休の間に一体何があったというのか？

唐突な院長交替劇が与えたショックは、やがて多忙な日常診療に紛れて忘れられていった。

「待った？」

村上和子が息を切らして入ってきた。駅前の喫茶店の向こうには帰路を急ぐ人の流れが絶え間なく続いて、夏の夕方の街の匂いが広場一杯に広がっている。

「今、擦れ違った人、誰かに似ていなかったかい？」

鳴海は待ち構えていたかのように言った。白い螺旋階段を上がって来るとき、擦れ違いざま、彼女がその人にチラッと視線を投げたのを、鳴海は上から見下ろしていたのだ。

「別に？　誰だったの？」

彼女はキョトンとして大きな目で鳴海を見た。後ろ姿で気づかなかったが、擦れ違いざまその女性の横顔が鳴海の方を一瞬向いたのだ。鳴海はオヤッと思った。

「有森祐子の母親じゃなかったのか」

「気がつかなかったわ」

「じゃあ、人違いかも知れない」

有森母子の一件があったのは、前の年の梅雨の少し前だった。あれから一年にもなるとは鳴海は到底思えない。変わらない毎日をせわしなく送っているうちに、それなりの変化が生じていた。村上和子は鳴海の婚約者となり、清和会十全病院では大宮湖峰院長に替わってようやく慣れてきたところだ。

「俺は、あの有森母子が前院長辞職に何処かでつながっているような気がしてならないんだな」

鳴海がこのことを口に出したのは、このときが初めてだった。

「憶えているだろう？　母親が怒鳴り込んできて、俺達がいる前で前院長とやり合ったことを。俺はやっぱり前院長が、あの親子の過去に深く関わっている気がしているんだな」

「あたし、すっかり忘れていました。ごめんね」

村上和子は笑ってクリームソーダの最初の一口をおいしそうに飲んでいる。鳴海は笑った。

「何かおかしい？」

「いや別に。忘れっぽいのが君のいいところなんだと再認識したところなんだ」

鳴海はもう一度笑った。

「本当は馬鹿にしているんでしょう」

「誉めたんだよ」

「目が笑っている」

一日の仕事が終った後の心地よい疲れで、村上和子は心なしか放心している。

「ねえ、聞いていい？」

「何だ？」

「嘘つかない？」

村上和子は、大きな瞳で鳴海を見つめた。

「俺が何を嘘つく必要があるんだ」

鳴海は憮然として言った。

「有森祐子さん、好きだったんでしょう？」

言って、村上和子は鳴海の目を見ている。

「当り！」

「馬鹿言うんじゃない。ビックリするじゃないか」

「ほら、やっぱり。顔に書いてある！」

「さっきの人が有森祐子の母親と似ていたから、ちょっと聞いただけなんだ。飛躍が不純、飛躍が不純だ！」

鳴海は我ながらおかしな表現だなと思った。

「それ、全然答えになっていない！」

言って、彼女はイタズラっぽく笑った。

院内の何処の部門にも気さくに顔を出す村上和子は早速、新任の守衛に会ったと言った。「〈これ、捨てていいんですか？〉と言ったので、〈一応お預かりします〉って、こんなもの貰ってきちゃった！」

言って、村上和子は古い紙袋を鳴海の前に置いた。プラスチックの小箱が擦れる音がして、中身はどうやら古い録音済みのカセットテープらしかった。

「物好きだなあ君は。で、何処で？」

「守衛室の屑籠の隣に置いてあったんですって」

猿谷が捨てたか、忘れたかしたものに違いない。

鳴海は何かを感じて紙袋に手を伸ばした。

「要らないんでしょう？」

村上和子は、紙袋をサッと隠した。

「見せろ！」

「要るの？」

「中に聴ける曲が入っていないか、点検するんだ」

村上和子はウフフと笑い、紙袋を鳴海の前に戻した。鳴海は一つずつ取り出した。出てきたのは、〈証券投資の極意〉だの、〈金相場　今が買い時〉だのといった手書きのラベルが張られた録音済みテープで、ザッと二十個はある。

「何だ、まだあるぞ！」

鳴海が袋を逆さまにした瞬間、奥から種類の違うカセットが二つ飛び出し、床に転がった。

「最後の二つだ！」

鳴海は拾ってラベルに目を走らせた。

「音楽？」

「うん、一つはね」

もう一つは一旦書かれたラベルの上から黒いマジックで丹念に消されている。

「こっちは預かっておくよ」

鳴海は表題の消された方を無造作に白衣のポケットに入れた。

「音楽は何かしら？」

言いながら手にしたラベルを見て村上和子は怪訝そうな顔で鳴海を見上げたのだ。手書きの表題には〈湖畔の宿〉と書かれてあったのだ。

医局に戻って鳴海は取り出したカセットをデスクの上のラジカセにセットした。間もなく聞こえてきたのは猿谷の特徴ある低い声で、誰かと話している。相手の声は確信できないが、新任院長の大宮湖峰のようだ。内容は凡そ次のようなものだった。

「間もなくこの建物は取り壊しになるんでね。君の手製の鏡は不要になったよ」

「どうしますか？　院長！」

「随分働いてくれた鏡だ。最後は君が始末してくれ給え」

「そりゃあ、責任を持ってやりますよ。で、お話の工具類は何処に？」

「その紙袋のなかだ！」

「これだけ？」

「前と合わせれば、充分だろう！」

「そんな」

猿谷は不満そうに言った後、

「鏡の破片で院長が怪我をしないとも限らない」

「怪我をするときは、一人じゃないいんだ。いいね」

二人の会話はここで終っている。

鳴海は慌てて医局を見回し、スイッチを切った。何処かに謀略の香りのする意味深長な会話だった。一体、これはいつ、誰が、何の目的で録音したのか？

鳴海は薬局に電話を入れ、村上和子を呼び出した。

「例のカセットね。聞いたよ！」

「何か入っていた？」

「ああ、入っていた、入っていた」

鳴海は慌てて頭が混乱している。

村上和子は電話口で無防備に催促する。

「何だったの？」

鳴海は一瞬ためらった。この時間、調剤室には石井さゆりも川本晴美もいる。仕事をしながら彼女達はさりげなく立ち聞き出来る距離にいるはずだった。

「後で言うよ。六時、〈モンドリアン〉に来てくれ」

「解った」

村上和子の声が耳元で小さく言った。

「熱し易く冷め易い君に……」

鳴海はのっけから真面目な顔して切り出した。

「もう一度熱くなって貰えないかな？」

ウエイトレスがコーヒーを置いて立ち去った後、鳴海は閑散とした周囲を見回した。クーラーの良く効いた喫茶店〈モンドリアン〉の二階のコーナーは外からは死角になっていて、客の利用も少なく、鳴海達は前から待合せの場所に使っている。清和会十全病院からほど近い場所に位置していたが、駅に向かう人の流れを斜めに見下ろす格好の穴場だった。

「前院長のことでしょう？」

村上和子はキッパリ言った。

「ズバリ、その通りだ」

言って、鳴海は彼女の耳に右手を持って行った。そこから黒いコードが延びて鳴海の反対の手に納まった小型のテープレコーダーがゆっくり回り出した。彼女の左手が鳴海の右手の外側からしなやかにあてがわれた。何分かして鳴海はスイッチを切った。

「どうだった？」

　鳴海は言った。

「何か企んでいるっていう感じね」

「やっぱりそう思うか？」

　最初に聞いたとき、鳴海は謀略の匂いを感じて興奮したが、彼女も鳴海と同じ感想を持ったということは、それが事実だからではないか。

「でも〈鏡〉って何かしら？」

「うん、何かの暗号かも知れない。それが何を意味するのか解ったら、この会話の全貌がハッキリするはずだ！」

　鳴海は膝を乗り出した。

「この暗号解読を手伝ってくれないか？」

「どうやって？」

「君のフィルターで濾過すればいいんだ。要するに俺の主観を取り除く作業だな！」

「冷め易いあたしでいいんですか？」

　村上和子は鳴海に一矢報いたつもりだ。

「何、冷める前に問題は解決しているよ」

言ったものの鳴海は心底、自信が持てなかった。


後任院長の大宮湖峰は赴任後間もなく、旧棟の改築が近々始まることを発表した。嗣彦院長が去った今、ことの経緯を知る者はほとんどいなかったから、この決定に異議を唱える者はいなかった。

湖峰の兄大宮隆峰が末期ガンでこの世を去ったあと婿養子大宮嗣彦が院長に決まったが、隆峰愛用の研究室と院長室とを末永く保存することを理事会で認めさせたのは、他ならぬ湖峰当人だった。湖峰はこの決定を早くも自ら破ることになった。

梅雨明けの朝、大型ショベルから伸びた鉄の腕がバリバリ音を立てて旧棟の屋上を壊し始めた。新館の内科医局からは工事の模様が手に取るように見える。鳴海はこの種の作業を見物することが子供の頃から嫌ではない。病棟回診には未だ時間があった。それに開け放たれた医局の窓から入り込む初夏の朝風は、実に心地よいものだった。

工事が始まって間もなく、鳴海は辞めたはずの元守衛の猿谷の姿を現場の物蔭に見つけて、オヤッと不審に思ったのだ。今なお病院に姿を見せている以上、猿谷が不祥事を起こして辞めさせられたという噂は根も葉もないデマに違いない。守衛室の屑籠の側に捨てられたカセットテープを思い出し、鳴海は胸騒ぎを覚えた。そして猿谷の挙動を秘かに観察し始めたのだ。

黄色いアームのショベルカーが青空に向かって恐竜のように何度か首を振ると、剝き出しになった院長室の壁に襲いかかった。次いで洗面台の鏡が無造作に壊された。鏡が剝がされた壁から突然円形にくり抜かれた穴が露出して、そこから幾条もの電線の断端が顔を覗かせている。すぐ側で待機していた猿谷は、ガラクタの山に近づき千切れた電線につながった黒い固形物を鏡の裏から素早く回収すると、ポケットに隠し、大型ショベルの運転手に再開OKを合図して、足早に現場を立ち去ったのだ。それは、ものの一分もしない早業だった。

〈あれは一体何だったんだろう?〉

鳴海の心は高鳴った。明らかに何かを意図した行為に違いなかった。

鳴海は気持ちを落ち着かせ、朝の回診に出るため、聴診器を取りに医局のロッカーに近づいた。このとき一旦姿を消したはずの猿谷の声が、今度は医局の隣の開け放たれた仮院長室から聞こえてきた。鳴海は耳を澄ませた。

「記念品です。お収めください」

「これで全部?」

「全部です」

「取り残しはないだろうな」

「大丈夫ですよ。誰も見ていませんでしたから」

猿谷は何処かに無防備な雰囲気を漂わせている。

「君、怪我する時は一人じゃないんだよ。いいね」

新任院長の大宮湖峰は何度も念を押している。

「解っていますよ」

言って、二人の笑い声が後に続いた。

鳴海は気づかれないように医局を出、何食わぬ顔をして病棟に上がった。


「解ったわ!」

話の腰を折るように村上和子が突然、大声を上げた。鳴海は院長室の解体工事のとき目撃した猿谷の異常行動の一部始終を、彼女に語って聞かせたのだ。

「焦るな！　最後まで静かに聞くんだ！」

鳴海はハラハラしながら周囲を見回した。その日も、〈モンドリアン〉の二階のコーナーには二人の他に人影は見あたらなかった。

「で、何が解ったんだ！」

「最後まで聞いてからにします」

大きな目をキラキラさせながら彼女が言った。

「実はあれだけだ。あれが最後だ！」

「じゃあ、言っても良いの？」

彼女はウフフと笑い、虚空の一点を見つめて、

「鏡の裏に隠しマイクがセットしてあった！」

唐突に言い放った。

「つまり二人がぐるってわけね」

「何だって？」

確かに鳴海は院長室での二人の会話に陰謀めいたものを感じていたが、半信半疑の域を出なかったのだ。事実、〈鏡〉というテープの中の言葉を、鳴海は猿谷と院長との間で取

り交わした暗号の一種に違いないと考えていたのだ。しかし、彼女は鏡が現実のものであることにいともたやすく気づいたのだった。

「でも、何でそんな必要があったんだ？」

「前院長を監視するためかも……」

彼女は言い、

「猿谷さんは鍵の束を持っていたから、その気になれば何時だって院長室に入れたはずです。鏡の裏に隠しマイクを取り付けて、コードを引っ張ってきて地階の守衛室で録音していたとすると辻褄が合います」

「院長室の秘密を湖峰院長に提供していた？」

「そういうわけ」

「何のため？」

「お金よ。バクチの損失の穴埋めじゃないの」

「ではあのカセットテープは一体、何だ。あれは猿谷本人と湖峰院長の会話だぜ。自分達を監視しているテープを一体、誰に提供するんだ！」

「それは……」

言って、村上和子はハタと言葉に詰まり、困惑顔になった。

彼女の直感はそれなりの説得力があったが、鳴海には何処か無理な部分がある気がする。

〈二人がぐるなら、湖峰院長は猿谷守衛をなぜ辞めさせたのか？〉

〈神戸在住の大宮湖峰院長と、遠く離れた清和会十全病院守衛猿谷の間で、前から謀略が仕組まれていたなんて、ちょっと推理小説以上ではないか？〉

「君は小説の読み過ぎだ！」

鳴海は無遠慮に言った。その物言いが村上和子の神経を逆撫でしたようだった。

「それなら自分で考えたら」

彼女はムッとした分、仕返しに出た。

「そんな冷たいこと言うなよ」

「君の直感力はホームラン性凡打だって、いつも凡打を付けるの忘れないじゃないの。期待しないでね」

言って、彼女はウフフと笑った。

「いや、何と言っても君の直感力が頼りなんだ！」

鳴海は何とか彼女の機嫌をとりなそうと躍起になっている。

「そうかしら？　目が笑っている！」

言って、彼女は悪戯っぽく笑った。

「だから、いつも言っているだろう。俺は笑いながら本当のことを言う人間だって」

鳴海は自分を背後から突き動かしてきたものが何であったのか、そのとき初めて閃いたのだった。黄昏の横断歩道を渡って行く人の群れをガラス越しに見下ろし、アイスコーヒーをストローで一口吸い、一呼吸置いて鳴海は言った。

「俺は嗣彦院長が、何におびえていたのか知りたかっただけっていうことが、たった今、解ったよ」

「んもお～、さんざん人に考えさせておいて……」

村上和子がすねるように言った。

「それが院長辞任に関係しているかどうかは二の次なんだ！」

精神科診療の経験のある鳴海は、かって院長室に呼ばれて嗣彦院長から奇妙な相談を受けたことがあった。

「あのとき院長はテーブルの上のコーヒーカップを例にとって、〈何ものかに対する恐怖心〉から解放されるにはどうすればいいのか。フロイト心理学ではどういう解釈がなされているのかと尋ねられた」

「で、なんて言ったの？」

「コーヒーカップを隠したって駄目だって言ったんだ。潜在意識に閉じ込めた恐怖の原因を発掘しなければ、別の対象に乗り移るだけだってね」

「そうしたら？」

「話はそれだけだった」

鳴海のアイスコーヒーの氷はあらかた融けて、水になっている。

「あのとき院長が何で俺をわざわざ院長室に呼んで、謎掛けみたいな質問をしたのか、解せなかった」

「聞けばよかったのに」

村上和子はすっかり機嫌が戻ったようだ。

「聞いたような気がする。テレビドラマで見たとかなんとか、曖昧な答えが返ってきたような気がする」

あのとき鳴海は窓から差し込む逆光線で、嗣彦の表情がよく解らなかったが、嗣彦がなぜかちょっと慌てたのを憶えている。

「それから大分経って何かの拍子に、〈おびえているのは実は院長自身じゃなかったのか？〉って気づいたんだね」

彼女の大きな瞳がパッと輝いた。

「聞いていいですか？」

「何を今更改まって」

こんなとき、彼女は大抵空振りする。さりげなく洩らす一言に、ときに大ヒットがあるのだ。

「先生が院長室に呼ばれたっていうのは、有森さん達の出現の前ですか？　後ですか？」

「前だ！」

鳴海はソラ来たと言わんばかりに言った。

「後だったら、有森事件に秘密があると言いたいんだろう？　そうは問屋が卸さない！」

折角の閃きがポシャッて彼女は一瞬、不快な顔になった。

「外れたからって、そんな膨れっ面するな。折角の……」

「美貌が台なしだって、言いたいんでしょう？」

村上和子がお道化て見せた。

「だから君は永遠の元気印なんだ」

鳴海はケラケラ笑った。

「何よ！　馬鹿にして」

「これ、誉めたんだよ」

言って、鳴海は真面目な顔になった。

「あの有森親子は一体何だったのか。嗣彦院長との間に出来た子供を瞞されて堕ろしてしまっただの、いや、あれは生存に耐えられない奇形児だったとか、院長室で二人がやり合っただろう？」

「あった、あった。三年ぐらい前」

「君の大きい瞳が瞬き一つしないで開きっぱなしになっていて、いつ閉じるのか心配したよ」

「すみません。目が大きいのは生まれつきなんです」

彼女の瞳は弱視のためか三十歳近くになっても黒くうるんでロマンの香りを漂わせている。その瞳に魅せられたくせに鳴海はなぜか彼女を軽くいたぶっては、時々反発する感触を楽しんでいる。

「あっ！」

彼女の瞳がキラリと光った。

「何だ？」

「あのとき、母親はカセットテープを院長に聞かせようとしたでしょう。あれ、守衛室の屑籠に捨ててあったのと同じ曲よ！」

村上和子の語調が明らかに違う。そこに呼応するかのように鳴海の足元から鳥肌が這い上がってきた。あれは確か高峰三枝子が歌って戦後大ヒットした〈湖畔の宿〉だった。

「びっくりさせるなよ」

「ごめんね。脅かすつもりはなかったんです」

「単なる偶然ということもある。連中は古い世代の人達だからね」

鳴海は慎重さを装って否定的に言った。

「あの子、未だ通院しているの？」

「退院してから一度も来ない。母親も見ていない」

「それも変な話ね」

「いや、それは当然だ！」

有森祐子は掻爬の失敗で、内科に来る患者じゃなかった。鳴海は底なしの泥沼に落ちかかっている自分を認めないわけにいかなかった。

嗣彦院長の夫人が病院裏の母屋に住んでいることを知ったのは全くの偶然からだった。辞職の経緯が不透明だっただけに関係者達は堅く口を閉ざして語らなかったのだ。村上和子を連れて鳴海は初めて大宮邸を訪問した。居間で暫く待たされた後、妻の瑠璃子がラフな服装で姿を見せた。鳴海はこの際、疑問をぶつけてみる覚悟でやってきたのだ。

「内科の鳴海です。こちらは薬局の村上和子さん」

「私の方はお二方とも主人から聞いて、よく存じ上げておりましたのよ」

夫人はいかにも旧知のような笑みを浮かべている。鳴海はかえって居心地が定まらない。

「実はとうにいらっしゃらないものと……」

「あたし達が何処かにお引っ越しすると見えて？」

夫人は鳴海に聞いてきた。

「はあ？」

「ここは父が残したあたし達の家ですもの。何を遠慮する必要がありますの？」

夫人は胸に溜め込んでいたものを言いたくて、いかにも待ち受けていたといった風情だった。

「院長には大変お世話になったのに、そのままになってしまって申し訳ありませんでした。一度お伺いしてご挨拶させていただこうと、こうしてお邪魔したのですが、我々には何も知らされていないもんで……」

鳴海は不明を恥じて言った。

「きっと病院では主人は悪者になっているんでしょ？」

夫人は言った。

「そんなことはありません」

言いながら鳴海は隣の村上和子の方を同意を求めるように振り向いた。彼女は膝の上に両手を重ねて載せ、神妙に二人の会話に聞き入っていて、鳴海の無言のメッセージに気づかないようだった。

「でも、悪いのは全部、神戸の叔父よ！」

「神戸の？」

と言いかけて、それが湖峰院長のことだと鳴海はすぐに気づいた。

「お人好しの主人を追い出すのは叔父にとっては赤子の手を捻るよりも簡単なことだったのね」

「詳しい事情は知りませんが、どうしてそんなことする必要があったんですか？」

鳴海は言った。

「教えてあげましょうか？」

夫人はコーヒー沸かしから入れたてのコーヒーを注いで、二人の前に置いた。

「叔父はあちらの大学を追われたのよ。最近、阪神医大で不祥事があったでしょう？　新聞、見なかった？」

鳴海は首を捻り、隣の村上和子に加勢を求めた。

夫人は立ち上がりあちこち見回している。新聞の切り抜きでも捜している様子だった。

「学生が騒いだ事件ですか？」

彼女が言った。確か新聞で一度見た気がする。しかし、それが現在の湖峰院長とは結び付かなかった。

「そうよ。あの事件よ」

白い食器棚の引き出しをしきりにかき回し、

「ないわね。何処にやったのかしら？」

独り言を言いながら、夫人は向かいの椅子に戻った。

「叔父は大学の運営基金を不動産や株式投資に回して、穴を開けたのね。学生が騒ぎ出して、さっさと辞表を出してしまった」

その記事が鳴海の目に入らなかったのは、多分一回こっきりの報道だったせいかも知れなかった。

「あの抜け目のない叔父が何で易々と理事長と終身教授の職を投げ出したのか、解る？」

突然、〈抜け目のない叔父〉と罵る夫人の物言いに鳴海は若干、抵抗感を覚えながら、

「事件の責任をとって、ですか？」

と言った。しかし、それは夫人にとって納得できる答えになっていないらしかった。

「いつでも主人を追い出せる準備が出来ていたからよ。大学の不祥事がいずれ発覚することは覚悟して、着々と準備を進めていたっていうわけね」

「どうやって？」

鳴海はにわかには信じられない。

「主人は最近院長室の様子が神戸の叔父に筒抜けなんだって首を捻っていた。信じたくないが誰かが密告しているようだと、ポツリと洩らしたことがあった。陰険でしょう？　大宮一族って」

五月の三連休に理事の一人、大宮湖峰の要請で臨時理事会が開かれ、叔父湖峰の大学問題の解決策を相談されると嗣彦院長は信じて出かけたと言う。出しなに、病院とは直接関係ないのに理事会を開いてくれなんて要請してきた叔父は一体、何を考えているんだろうって首を傾げていた。

「で、帰ってきて何と言ったと思う？　鳴海さん」

「さあ？」

鳴海は身を乗り出した。

「俺は嵌められた、って言ったきり書斎に籠ってしまった」

それが辞任劇の全てだった。その後、夫人の瑠璃子が何を聞いても事の詳細は一切教えてくれなかったというのは、どうやら事実らしかった。

「辞任は奥様にとって全くの青天の霹靂《へきれき》だったんですか？　何か兆候はなかったんですか？」

鳴海は言った。夫人はちょっと思い出すような目付きをした。

「叔父は血族意識が強くて、主人を婿養子にすることにはあまり好意的ではありませんでしたね。父とそのことで言い争っているのを聞いたことがあります。父は叔父の干渉を拒んだようです。そもそも叔父が地盤のない関西に下ったのも、父に対する当てつけだった。だから、ここに最後は舞い戻ってくるに違いないと私は信じていました。でも例の事件以外、兆候らしいものはなかったわ」

湖峰院長に対する夫人の激しい感情に鳴海は些か食傷気味になった。

「ご主人のことでは？」

鳴海が知りたかったのは、むしろこのことだった。

「ただ主人は最近院長職に未練がなかったみたいで、心理学の本を読んだり仏教の本を買ってきたりして何となく歳とったなあという感じはありましたけれど。特に父の七回忌ぐらいから迷信深くなったようでした。それ以外には何かあったかしら？」

夫人は立って電話台のところに行き、傍らの鳥籠を覗き込んだ。一つがいのセキセイインコが鳥籠の中でバタバタ羽を鳴らして、夫人をしきりに呼んでいたのだ。鳴海は冷めかけのコーヒーを飲み干した。

「院長は辞める事情なんてなかったって言ってくれる人がいるんですよ」

夫人はフト思い出して言った。

「でも駄目ね。後になってから言ってくれたって……」

「院内の人間ですか？」

「先生ご存知の外科の花岡ですよ。父の代からいるのに何にも役に立たないんだから。遠縁でなかったら、とっくの昔にクビよ」

夫人は今度は外科の花岡顧問に非難の矛先を向けた。長老の花岡が平素からしっかりバックアップしてくれていたら、こんな事態は避けられたとでも言わんばかりの物言いだった。確かに花岡顧問は洋蘭の栽培に熱中する根っからの趣味人で、実用的な人間ではなかったが、何処かで人生を諦観しているようなところがあった。鳴海はなぜ彼が外科を専攻したのか、今でも不思議に思っている。

「そうだったわ」

夫人は何かを思い出したらしく、立って白い食器棚のところに行った。上段の引き出しの中から一枚の用紙を取り出して再びやってきた。

「これ、なんでしょうね？」

言って、夫人は鳴海と村上の前に置いた。黄ばんだ用紙の表面には奇怪な人体の裸像が鉛筆で描かれているが、時間の経過と共に若干、薄くなっている。

「胎児じゃないかしら？」

開口一番、村上和子が言った。

「でも、顔一面に蟻が……」

言いかけてハッと彼女は息を呑んだ。

「蟻じゃない。顔一面の漢字だ！」

鳴海が漢字の羅列に沿って右回りに指を走らせた。

〈妙、法、蓮華、経、南無、妙……〉

鳴海の指が止まった。

「これ、どうしたんですか？」

鳴海は顔をあげて言った。

「我が家に送られてきたのよ」

「誰から？」

「差出人不明の白い封筒の中に、これだけ一枚入っていたのね」

「一体、何のために？」

村上和子が言った。

「実はそれが知りたいのね」

「院長は何て言っていました？」

鳴海はそこに何かヒントが隠されているような気がしないでもなかった。

「主人に見せたら、〈誰かの悪戯だろう。放っておけ〉って取り合ってくれなかったのよ」

「この絵が舞い込んだのは、いつなんですか？」

鳴海は重ねて言った。

「父の七回忌があって、暫くしてからだったかしら？　朝から雪が降って寒くて陰気な日でしたの」

差出人不明の奇怪な鉛筆画を捨てずにおいたのは、行為の意味を突き止めたい衝動があったからに違いなかった。鳴海は、聞きながら、この絵が送られてきた時期と、院長室に呼ばれて質問を受けた時期とが奇しくも一致しているのに気づいていた。

「鳴海先生、何か心当りでも？」

夫人は言った。

「いや、私には皆目、見当がつきませんが」

言下に否定したが、嗣彦院長がおびえていたのは、この絵で表現されている何かか、あるいは、この絵を送りつけてきた正体不明の誰かに違いないと確信したのだった。

この話はこれで終った。後は二、三、取り留めのない雑談をして鳴海と村上和子は腰を上げた。

「貴方がた、いつでも、遊びに来てくださらない？」

夫人が笑顔で言った。

「また遠慮なく、来させて貰います」

鳴海は言い、聞きたくても聞くのがなぜかためらわれた質問を最後に口に出した。

「ところで院長はどうしておられるのですか？」

「旅行ですの」

「どちらへ？」

「自由な旅がしたいって、フラッと奈良の斑鳩の里に出かけましたのよ」

「お帰りは？」

「時々行った先で絵はがきを送ってきていますけれど、もう暫くは旅行して回るんじゃないでしょうか？　帰りましたら是非、主人を訪問してくださいまし。鳴海先生のことはよく噂しておりましたもの」

夫人は少し名残惜しそうについてきた。玄関で、靴を履く二人をなぜか好奇心一杯の顔で見下ろしている。

「あなた達、結婚なさるんでしょう？」

夫人は唐突に言った。鳴海はビクッとして夫人を見返し、

「ええ、いずれということになっています」

鳴海はとっさに答える。

「でも、何でお解りになったんです？」

「あたしの眼は、誤魔化せませんのよ！」

夫人は茶目っ気を出して言い、少し間を置いて続けた。

「お二人、よく〈モンドリアン〉で待ち合わせていらっしゃるところをお見かけしました。多分、主人が噂していた鳴海さんに違いないと思っていましたの」

夫人は言った。意表を突かれた鳴海は、別段後ろめたいものはなかったが、心臓の高鳴りは暫く鳴りやまなかった。

「君はどう思った？」

　駅に向かう緩やかな裏道を下りながら鳴海は言った。日の落ちるのは急速に早くなって、晩秋の冷たさが辺りを漂っている。

「あたし、あの絵はあの子の母親が送り付けたんだと思うな」

「有森孝子が、かい？」

　鳴海は言った。

「だって、あの絵をじっと見ていたら、誰かを呼んでいる声が細かい漢字に埋まった顔の奥から聞こえてきたんです」

　彼女は真顔で言った。

「確かに気味の悪い絵だったが……」

　鳴海は院長室の有森孝子を思い出している。そして、過去に何があったにせよ、なぜか陰湿な小細工をするよりも、彼女は直接乗り込んでくるタイプではないかと思えるのだった。

「だってあの人、プレゼントだって言って院長に臍帯を送り付けた人でしょう。あれだって普通じゃない！」

　賛成しかねるとでも言いたげな鳴海の表情に、村上和子が自信ありげに付け加えた。

「うむ。俺には解らんナ」

　珍しく鳴海は弱音を吐いた。鳴海にとって最大の関心事は、嗣彦院長が何に脅えていたかであって、誰が謀略を仕掛けたかではないのは明らかだった。確かに嗣彦は有森孝子の前で彼女の奇形胎児を塩化カリウムで殺したことを率直に認めた。しかし、嗣彦がそのときの胎児の亡霊に二十年以上も脅えてきたとするのは、あまりにも単純すぎると思えるのだ。奇形胎児の蔭に隠れて潜在意識の湖底に沈んだものは一体、なんだったのか？

「解らんけれど、一歩近づいたようだな」

　鳴海はポツリと言った。坂を下り切ったところの交差点にやってきていた。そこまで来ると街はさすがに賑わっていたが、今の気分には若干そぐわないと鳴海は感じている。

「今日はどうするの？」

　村上和子が言った。

「今日は〈モンドリアン〉は止めることにしようか」

　言って、鳴海は和子の顔を見て苦笑した。商店街を通り抜け、二人は駅の反対側の運河沿いの遊歩道に自然に向かった。その近辺の国道に面して洒落たレストランがいくつか並んでいた。過ぎた夏、鳴海達は夕涼みがてら随分散歩し、最後はその中のひとつで食事をするのが日課だった。

「ねえ、大宮先生の奥さん。何となくあの子の母親に似ていなかった？」

鳴海に腕を絡ませながら村上和子が言った。

「気がつかなかったね」

言って鳴海は、なるほどと思った。以前、鳴海は彼女を待ちながら、喫茶店の二階から白い螺旋階段を下りて行く中年女性を、有森孝子と勘違いしたことがあった。どうかした拍子に似た部分が出来るのかも知れなかった。

「良く見ると全然違うタイプだ」

彼女の言うようにちょっと見には似ていないこともなかった。しかし、有森孝子は終始主治医の鳴海を差し置いて、院長、院長を連発する横柄な女だったし、瑠璃子夫人の方はずっと可愛らしいものをもった女性に違いなかった。だから今でも嗣彦院長と有森孝子が関係を持った一時期があったとは鳴海には信じ難いのだ。言葉が途切れると、鳴海は再び嗣彦院長の秘密に思いを馳せた。

新しい湖峰院長は、噂に違わず精力的な人物だった。次々に政策を打ちだし、職員達は瞬く間に方向付けがなされ、目まぐるしく日常が回転し始めた。

最初に手掛けたのは湖峰の専門である整形外科を充実させることだった。それまで外科に同居していた整形医局を独立させ、大学から医員を派遣させるルートを開拓すると、神戸から三男の峰樹を呼んで部長に据えた。峰樹は父湖峰の事実上の失脚によって、阪神医大整形外科医局を追われるようにして上京したのだった。

もう一つ画期的な政策は将来の医育機関を念頭に置いた臨床病理部門を新たに設けたことだった。そのために兄隆峰が愛用した標本保存室を全面改築し、最新式の研究機材を入れて一新させた。隆峰の集めた膨大な標本類は活用頻度が少ないという理由で一部は処分され、残る大半は大学の病理部門の関心ある研究者に引きとられていった。そのリストの中には有森の男児らしい胎児標本が含まれていないことを、鳴海は秘かに確認した。湖峰院長は新装なった病理部門に米国在住の次男峰幸を呼び寄せる構想を明らかにした。

こうして医療関係に進んだ湖峰の三人の息子達の中、関西の市立病院の勤務医になった長男を除く二人が湖峰の下に集まり祖父峰岳の残した清和会十全病院は湖峰一家の手に主導権が渡った。

「所詮、接木は接木でしかないんだな」

湖峰は兄隆峰の婿養子大宮嗣彦が病院経営への責任を放棄し自ら身を引いたと言ってはいるが、暗に彼を批判し、嗣彦の支持者を根こそぎ追放した。嗣彦の報復と復権を恐れたためだった。


辞任後、嗣彦は旅先から留守宅の瑠璃子にこまめに絵はがきを送ってよこした。その傍らに、夫人に対する気づかいを毎回書くのを忘れなかった。やがて旅先での印象を一言、二言書いただけの簡単なものになり、配達される回数は二週間に一度と減った。そして年が明け鳥取県から投函された絵はがきを最後に、嗣彦からの連絡は途絶えた。その最後のはがきには、〈砂丘に沈む夕日は美しい〉と、心象風景とでも言うような暗示的な一行が認めてあった。

「これが最後のはがきなのよ」

二度目に訪問したとき瑠璃子夫人は待ち受けていたかのように白い食器棚の引き出しから取り出して鳴海の前に置いた。

「先生の立ち回り先が一ヵ所でも解れば、そこを手がかりに何とかなるはずですが……」

鳴海は言った。

「それが全然駄目なの。手がかりと言ったら、はがきの消印だけね。それも脈絡なく舞い込むから、一体今どの辺りにいるのか見当が付かないの」

目の前に並べられたはがきの投函された日付と投函場所との間になぜか脈絡はなく、不思議な印象を鳴海は抱かずにはいられなかった。

鳴海は深いため息を一つついて、勧められた熱い日本茶を静かに口に運んだ。

「湖峰院長は何て言っています？」

鳴海は言った。

「こんなこと、誰にも知らせていませんよ」

「でも何か聞いてきません？」

「それは言ってきます。主人はまだこの病院と完全に切れたわけではないのでね」

「病院に戻ることはないんですか？」

「自分から復帰する道はちょっとね」

「何でこんなことに？」

鳴海は人事の蔭に蠢《うごめ》く複雑な人間模様を思って、再び重苦しい気分を味わった。

「すべて神戸の叔父の仕業よ。なのにまるで主人が自分から病院を投げ出したみたいなことを蔭で言っているでしょう?」

夫人は今も尚、湖峰院長を、神戸の叔父と言い、

「あれは絶対許せない!」

と激しく罵った。

「しかし、復帰が難しいとなると……」

途中まで言って、鳴海は自分の関心は嗣彦の内なる問題ではなかったか、と言い聞かせるのだった。

「叔父は私を理事の一人として残した。彼一流の見事な懐柔策ね。お前は大宮家の大切な血族だ。しっかりしろよ、って言ってね」

鳴海にはもはや言うべき言葉はなかった。立ち入った内情を鳴海の如き部外者に話すとは、よほどのことに違いない。

「大宮家は権力闘争の遺伝子で自滅するんじゃないかしらね」

夫人が自嘲的に言った。鳴海はそういう遺伝子が存在するとしたら、夫人もまた見事に

受け継いでいるに違いないと思った。夫人は、鳴海の前で新しい茶葉に取り替えて入れ直した。

「鳴海先生、主人を探してくれません？」

瑠璃子夫人が唐突に言った。

「私に出来ることでしたら」

言ってはみたが鳴海には手がかりなど、あろうはずもなかった。気丈な子夫人の目に光るものを認めて、鳴海は慌てて窓の外に視線を移した。

「先生が今日お見えになったことは内緒にしておいてね。主人とつながりがあると見たら叔父は何をするか解りませんもの」

夫人は言った。

「心配ご無用です。私は重要な立場にいませんから、影響が私のところまではね」

言って、鳴海は苦笑した。しかし、幽かに聞こえるぐらいの遠雷は何処かに感じている。嗣彦院長時代の後半とは別のざわめきが、病院のあちこちで聞こえてくるのも、また事実だった。

約束したものの鳴海は探し出すあてもなく、多忙な日常業務に紛れて日が過ぎた。気丈な夫人にしても、いつまでも隠しおおせるはずもなく、嗣彦の失踪は大宮湖峰院長の知るところとなった。夫人はすったもんだの末、理事会の圧力に屈して、失踪届けを出さざるをえなかった。清和会十全病院の広大な敷地や資産類は聞かされていたものとは大きく違って、莫大なものだった。一族の繁栄を願って所有権が複雑に分散されており、問題の解決が一筋縄ではいかないものになっていたのだった。

湖峰院長の時代になって、職員の入れ換えは激しく、前院長大宮嗣彦の名前さえ知らない人達が増えてきた。鳴海も、鳴海の妻になった村上和子も嗣彦の噂をすることもなくなった。そして今年で早くも五年目に入った。

終章 因果

清和会十全病院内科医長・鳴海一郎は夏の初め、行きつけの理髪店で古い女性週刊誌を何気なく手に取って、アッと声を上げそうになったのだった。

納涼特集〈私のゾ〜ッとする奇怪な体験〉の一つの見出しに吸い寄せられるように目が奪われたのだ。そこには、〈支忽湖底から一つ目小僧の死体が浮上！ 目撃者の衝撃的証言！〉と刺激的な言葉で書かれてあったのだ。理髪店に女性週刊誌が一冊紛れ込んでいたというのも不思議と言えば不思議だった。本文のページを繰ると、刺激的な見出しの割には内容は簡単なもので、凡そ次のようなことが書かれてあった。

その年の春、K氏（五十七歳、東雲町在住）が夜明け前の湖畔で釣り糸を垂れていたら、いつもと違った大きな手ごたえを感じて必死になって手繰り寄せたところ、釣り糸に引っ掛かった奇妙なロープの一部が水面から顔を出した。ロープの一方の先端は湖底の埋没林の梢にからみついたまま離れず、もう一方の端に引っ張られて湖底から大きなガラスの容器が静かに浮上してきた。K氏が奇異に感じて引き寄せると、湖面に顔を出した透明なガラス容器の中に一つ目の胎児の死体が詰まっていた。K氏は腰を抜かさんばかりに驚き、釣竿を放り出して、地元の駐在所に駆け込んだ。知らせを受けた駐在が現場に駆けつけると、K氏の釣り上げたガラスの壺は釣竿ごと湖底に沈んだらしく既になくなっていた。署では今後、ダイバーを使っての湖底探査を検討中——と書かれてあったのだ。

「支忽湖に行ってみようか?」

鳴海は家に帰って妻の和子に言った。病院の夏休みに合わせて一週間まとめて休暇を取っていたが、予定は組んでいなかったのだ。彼女は妊娠六ヶ月目に入っていた。鳴海は、記事のことには敢えて触れなかった。彼女に知られずに何かが解るかも知れないと考えたのだった。

支忽湖はかって嗣彦前院長が若い頃、有森孝子と泊まったはずだった。そのとき、若い彼女は祐子を身籠ったということを聞いた覚えがある。北の支忽湖と単眼症の胎児の死体……暑い夏の格好の話題で、いかにも女性週刊誌的ではあったが、鳴海の心に引っ掛かって離れなかった。五年前、鳥取の砂丘を最後に消息を絶った嗣彦前院長がこの地に現れた可能性はないかと、記事を読んだとき直感したのだった。

　鳴海に言われて妻の和子はガイドブックをめくって、支忽湖をコースに入れた北海道行きプランを作成した。

「今からでも宿があるかしら？」

「予約は無理だろうな。現地でさがした方がいい」

　鳴海が言った。湖畔が賑わう旧盆の時期に合わせ、可能なら湖畔の宿で一泊することになった。


　鉄道の支線の寂れた駅で降り、閑散とした駅前広場の脇にある観光案内所で相談すると、古い宿でよかったら一部屋だけ空いていると地元の人間らしい年配の担当者が言った。しかし、彼は今晩が湖畔祭の中日で予約で埋まっているが明日からは何処の宿も若干空きが出ると言って、一日遅らすことを二人に勧めた。新しく出来たモダンなペンション風の湖畔の家に、一度は泊まる価値があると言うのだった。しかし、鳴海は古い宿に一泊の予約を入れると、停っていた定期バスの最終便に和子と跳び乗った。

「予約できてよかったわね」

和子が言った。

「ああ」

鳴海は曖昧な返事をし、走り出した定期バスの中から目まぐるしく変わる窓外の景色にしきりに目をやり始めた。小一時間、夕方のひんやりとした山道を走ると、視界が突然パッと開け、目前に暮れなずむ支忽湖が黄金色の山に囲まれて神秘的な姿を現したのだった。

「あなた、見て見て！　見て見て！　凄いじゃない！　凄い凄い！　やっぱりあなた、来て正解だったわね。恐いぐらい神秘的な湖って、このことね！」

和子が辺り構わず大きな声でハシャいだ。

「黙っていろ。みっともないの百万倍だぞ！」

鳴海は迷惑そうに言った。この光る湖面の底に沈んでいるものを想像すると、鳴海は出掛かった言葉が急に萎えてくるのだった。

「あなたが何を考えているのか、あたし、解るわよ」

叱られてシュンとした後、和子が言った。

「解るもんか！」

鳴海は突き放すように言う。

「胎児を釣った人のことでしょう？」

言って、彼女は涼しい顔で鳴海を見ている。

「あの話、読んだのか？」

「あなたのズボンのポケットに、雑誌の切り抜きが入っていたんです。洗濯のとき見つけちゃった！」

言って、彼女はウフフと笑った。

「知らん顔している奴があるか」

「あなただって、黙っていたじゃないの」

相変わらず口の減らない奴だなと鳴海は思った。

「でもあたし、一度は見てみたいと思っていたから、一石二鳥で納得しています」

大きな瞳で言った。彼女が北国行きの目的を既に知っていたということは、今となってはかえって面倒が省けて良かったのかも知れないと鳴海は思った。

夜、湖を見下ろす和室の膳で食事をしていると、湖畔にしつらえた盆踊りの櫓からの太鼓の叩く音に混じって、聞いたこともない地元の盆踊りの曲が流れてきた。その音で波打ち際の微かな水の音が消され、若者達の笑い声が代って聞こえてきた。どうやら夜の湖畔祭が始まったようだった。鳴海は学生時代を思い出した。そんなに遠い昔ではないはずなのに、いつの間にか、あの狂おしくきらびやかな青春の時代が終っている。夜の湖畔を行き交う学生達の熱気が次第に高まるに連れ、鳴海は若干、感傷的になっていった。

食事の後、鳴海は和子を連れて下に降りた。階段を降り切ったところに調理場に続く古い畳の個室があって、宿の主人が暇そうに食後の一服をやっていた。

「随分賑やかですね！」

鳴海は言った。

「夏場だけだね」

主人はぶっきら棒に言った。夏の賑わいは最近たて続けに出来たペンションの利用客のせいらしかった。それも採算のとれない季節になるとアルバイトを解雇して閉鎖してしまうらしい。それに引き替え駅前観光案内の話とは違ってこの宿はまだ二、三室が空いたままだった。

「冬やっておるのは、うちだけだな」

言いながら主人は調理場から一升瓶の地酒と湯呑茶碗を持ってきて二人に注いだ。

「まあ、ご夫婦でよく来なさったな」

主人は二人に茶碗酒を勧め、自らはガラスのコップになみなみと地酒を注いで口を持っていった。

「冬はどんなふうになるんですか？」

「全山真っ白、湖面も真っ白。一夜にして真っ白だ！」

「壮観でしょうね」

「雪で車が入らなくなるときもあるね」

「そんなときでも下山しないんですか？」

彼女が言った。

「ここがわしの生家だ。何処さ行くんだべ」

言って、主人はコップ酒をうまそうに呑んだ。雪に閉ざされて春を待つ生活なんて都会育ちの鳴海には我慢出来ない厳しいものに違いなかった。

「急病人が出たときはどうするんです？」

鳴海は職業意識が思わず出て言った。それを聞いて、

「ユウコのときは困ったなあ、なあ、お前！」

調理場に向かって主人が言った。その横顔から鳴海はひどく老けて見えるこの主人が案外四十前のような気がしてきた。お前、と呼ばれた小太りの女が奥から出てきた。人の良さそうな顔をして立っている。

「わしの女房じゃがな」

主人は言い、女は黙って会釈した。ほどよく酒が回ると宿の主人は口が軽くなった。

「ユウコさんのときって、何ですか？」

鳴海は言った。

「大雪の夜、こいつが急に産気づきやがってね」

言って、主人は女房の方を指さした。

「消防に連絡したら車が入れない。自分から山を降りるしかないって言うんだ。冗談じゃない。街まで五時間や六時間じゃ行けない山道だ。そんなことしたら死んじまうって言ったんだ」

「で、結局どうしたんですか？」

「二階に泊まっていた坊さんが助けてくれた」

「坊主がどうやって？」

鳴海は好奇心をそそられた。

「降りてきて、私が取り上げて差し上げましょうって言うんだ。女房はうんうんうなっているし、男手だけで途方に暮れていた。足が出掛かって、後に引けない状態だった」

「サカゴ？」

「そう、坊さんはこれはサカゴだって言って、わし等にタオルや沸かし湯、消毒液、洗濯挟み、ハサミを用意するように言った。で、坊さんの指図に従って有り合わせのものを揃えたんだ。俺はこいつの手を握って暴れる身体の上から股がって体重を載せて押えつけているしかなかった。あのときは生きた心地がしなかった！」

「無事生まれた？」

「生まれた、生まれた」

主人は感動を確かめるように、地酒をゆっくり呑み込んだ。

「その坊さんって何処の人です？」

「全国を行脚して回っているって言っていたね」

「何宗の人だったか解ります？」

「さあ？　何だったかね、わし等には皆同じに見えるからなあ」

鳴海の関心は、その旅の修行僧の上に注がれた。

「いつの話ですか？」

「ユウコが今年三歳だから、ちょうど三年前の大雪の日だった」

言って、宿の主は首を伸ばし、調理場の方を一瞥した。

「ユウコ！」

父親が呼ぶと調理場から子供のあどけない声がすぐに返ってきたが、結局姿は見せなかった。人見知りをして母親のもとから離れたがらないらしかった。

「ユウコちゃんて言うんですか？」

「坊さんにつけて貰った有り難い名前なんでな」

宿の主人は無事出産を終えると、母子の命の恩人に御礼を考えた。しかし、当然のことをしたまでと修行僧は申し出を固辞し、結局、名付け親になって貰うことは了解してくれたという。

「どういう字を充てるんです？」

「夕方の布の子！」

主人は分厚い手の上で三文字を書いて見せた。

「あの坊さんが泊まっていなかったら、おっかあも夕布子もこの世にはいなかった。縁《えにし》というものは不思議なものでな」

鳴海は軽い落胆を覚えた。〈祐子〉だったらと何処かで期待する気持ちがあったのだ。しかし、少し考えれば、そんな一致が何かを保証するわけではなかった。鳴海は急に部屋に戻ってみたい気がしてきて、隣の和子に目配せした。

「この部屋に泊まった修行僧というのは」

言いかけて隣の和子を見た。

「嗣彦先生に違いない！」

鳴海は興奮した。その修行僧がサカゴを取り上げたと宿の主人が言ったとき鳴海は確信したのだった。鳴海や薬剤師の和子の前では終始、嗣彦は内科医としての顔しか見せなかったが、雪に閉じ込められた湖畔の宿で、修行僧の両手にかっての記憶が蘇ったに違いなかった。

「でも、その後、何処に行ったのかしらね？」

和子は瞬き一つせず言った。

「修行僧の姿で全国行脚を続けているんじゃないか？」

「今も？」

「ああ」

開け放たれた湖畔の窓から差し込んでいる月明りの中で、鳴海はそんな気がしてきた。部屋の形相が心なしか、出ていく前と違って見える。

〈三年前、この部屋に嗣彦先生が修行僧として泊まっていたなんて、何と言う奇遇なんだろうか！〉

感情が高ぶって、その極みで鳴海の頬を熱いものが伝って落ちた。

鳥取の砂丘で消息を絶って以来五年の歳月が流れていた。この間、鳴海は日常診療に追われて、瑠璃子夫人との約束を果たさずにいたのだ。いや、手がかりが全くなくて鳴海は半ば諦めていたと言っていい。それは自分で意識している以上に鳴海の気持ちの負担になっていたのだった。

鳴海はもう一度月明りが差し込む部屋の隅々を見回し、そこに嗣彦の残した痕跡を見いだそうと目を凝らしたが、何も見つけることは出来なかった。

「ねえ、外に行こうよ」

和子が感傷を振りきるように言った。盆踊りの太鼓が止んで、簡易舞台で余興が始まったらしかった。

二人は宿のサンダルを借りて外に出た。疎らな林の向こうに鏡のような湖面が見える。ペチャクチャおしゃべりしながら暗がりを擦れ違う男女は大部分観光客で、中には綿菓子をなめながら、子供のようにふざけあっているカップルもいる。余興は手前の神社の空き地でやっているらしかった。その入口辺りにやって来ると、そこから夜店が奥に向かっていくつか並んでいる。

「ねえ、あれ食べようよ」

言って、彼女は重い気分を振り払うように角の綿菓子屋の店先に鳴海の袖を引っ張って行った。

「相変わらずだな、君は」

鳴海は気恥ずかしげに言った。

「何よ、自分だって食べたいくせに」

言って、彼女はウフフと笑った。彼女は割箸に捲きとられた綿菓子を二つ受け取ると一つとも鳴海に渡し、小銭を出しながら唐突に言った。

「おじさん、ここの人ですか？」

おじさんと言われた年配の男は、老眼鏡の奥から上目づかいに見返して言った。

「何だね？　土地のものだが」

「じゃあ、一つ聞いていいですか？」

「何だね？」

疑い深い目でもう一度言った。

「女性週刊誌で読んだんですが」

「一つ目小僧の話だな」

男の反応が速かったところを見ると、この種の質問にはうんざりしている様子だった。

「ええ、そうなんです、実は」

「あんなもの、この湖にいるわけないよ。アハハ」

男は言下に言った。

「でも、ダイバーが潜って捜したんでしょう？」

「まだやっとらんじゃがな」

「これから？」

「湖畔祭が終ったら一応、駐在が調べることになっとる。税金の無駄遣いだわな、全く馬鹿馬鹿しい」

男は全く噂を信用していないようだった。

「その場所って、この近くですか？」

鳴海が彼女の後ろから言った。

「うん近くだ、行くかい？」

信用していないという割には、男は丁寧に地図を書いて教えてくれた。


二人が行ってみる気がしたのは、何よりも月明りが静かな湖面に映えて何処か神秘的なムードが、辺り一面漂っていたからだった。それに思ったほど外気は冷たくなかった。湖を取り巻く遊歩道が林の中を走っていて、提灯や懐中電灯をかざしながら、時折林の中を人影が列を作って歩いているのが、遠くから見える。鳴海達と同じように、夕涼みがてら見物に行こうとしている旅行者のようにも見える。

林道の入口から、右手に月明りに映えた湖面を見下ろしながら、鳴海と和子は入って行った。徒歩で十五分足らず真っ直ぐ進むと、そこが遊覧船の船着き場で、その先の湖に突き出た辺りの岩場が問題の場所だと言って、男は書いた地図にわざわざ○印を記入してよこしたのだ。

「あのおじさん、機嫌が悪かったね」

鳴海が言った。

「聞くだけ聞いて行ってしまう人が多いんだって」

言って、和子はウフフと笑った。

「場所が悪いんだよ。あそこで店を出していれば、誰だって聞いてみようと思うんじゃないか」

「そのこと教えてあげたら？」

彼女は他愛のない冗談を言った。林道に入って、気がつくと人の気配がなくなっている。様々な虫の鳴き声がしきりに耳につきだした。本当に皆、鳴海達と同じ場所に行こうとしているのか彼女は不安になってきた。

「ねえ、手をつないで」

彼女が耳元で小さく言った。虫の鳴き声が一際大きくなった。ほとんど真上に掛かった満月が遊歩道を明るく照らして、二人の足元に落ちた黒い影が、何処までもついてくる。

「恐いんだろう？　本当は」

鳴海はわざとからかうように言った。

「全然……」

言って彼女はまた笑った。

「嘘、言え。指がこんなに冷たいじゃないか」

鳴海は心地よい外気の割には彼女の指が冷たいのが若干、気になった。安定期とは言え妊娠六ヶ月になっているのだ。早めに切り上げて宿に戻ろうと考えた矢先、彼女が言った。

「ねえ、もしもお腹の子が奇形児だったら、あなたどうするの？」

「馬鹿なこと、言うもんじゃない」

意表を突かれて、鳴海は慌てて言った。

「だって、何が起こるか解らないんでしょう？」

「だから、そういうことが起こらないように万全を尽くしているじゃないか」

「でも、もし奇形児が出てきたら？」

「そのとき一番良い方法を考える他ない」

鳴海は和子に言われて初めて自分もまた、大きな運命の前では一人の無力な父親に過ぎないことに気づいて、うろたえたのだった。

「あたし、産んじゃおうかな。そして〈一つ目チャン〉って名前をつけようかな」

いたずらっぽく言って、鳴海の横顔をチラッと盗み見た。

「馬鹿も休み休み言え」

鳴海は本気で怒ったようだ。

「ごめんね。あなたの困った顔、チョッピリ見たかったのね」

言って、彼女は鳴海に身体を寄せた。しかし、彼女が何気なく投げた小石は鳴海の内部で幾重にも波紋を描いて広がっていった。医療のこちら側の人間として若干の特権を有しているると思い込んでいた自分にも、運命は容赦なく分配されるという当り前の事実に打ちのめされたのだった。

目の前が開けて明るい船着き場が見えてきた。営業時間が終っていて、ロープが張られたボートの傍らに人影が疎らに見える。鳴海達はそこを通りすぎ、言われた通り更に二、三百メートル行くと、突き出た岩場の蔭から急に人の声が聞こえてきた。

「誰かがいる！」

和子が耳元で小さく言った。崖の下から長い棒が伸びて、その先端が湖面をゆっくりかき混ぜている。その動きに合わせて円形の波紋が幾重にも湖面に広がっていく。

「あの辺りだな、きっと」

鳴海が下を指差した。彼女は鳴海の後ろから鳴海の差す湖面を見下ろした。しかし、満月に輝いた湖の水面下は目を凝らしても何も見えてこない。

「下におりるの？」

「止めるよ」

暫く見つめた後、彼女が言った。

鳴海はなぜか急にどうでも良いような気がしてきたのだった。

もと来た道を鳴海は引き返し始めた。

「もう帰るの？」

「ああ、もう用がないよ」

折角来たのに早くも引き返すと言った鳴海に、彼女は怪訝そうな顔をして言った。

「来なければ良かった?」

「いや、来た甲斐があった」

鳴海は短く言った。何処か感傷的になって自分の世界に浸っているのが和子には解った。

「俺は嗣彦先生を誤解していたようだ」

暫く戻ったところで鳴海がポツリと言った。

「どういうこと?」

鳴海は雲一つない夜空を見上げて、

「先生は有森祐子の母親を愛していた。そこに俺は気づかなかった!」

鳴海はキッパリ言った。

「有森孝子をね!」

「あの人を?」

和子は半信半疑で聞き返した。

清和会十全病院に有森祐子の母親として彼女が怒鳴り込んで来たとき、鳴海は決して良い印象をもたなかった。主治医の鳴海を蔑ろにして、院長、院長と騒ぎ立てた有森孝子に、女性としての魅力を感じるはずがなかった。しかし、それは彼女の変わり果てた姿ではなかったか。

「そう、二十年前の有森孝子をね！」

和子は黙って鳴海の腕に細い腕を回している。

「あの人は変わったんじゃないだろうか？　不本意な生活に疲れ果て、最も醜い女になってしまったんじゃないだろうか？」

時間の厚みがいかようにも人間を変え得ることに気づくのに、それなりの時間を要したと言われれば、鳴海は認めざるを得ない。

「大宮家との養子縁組の話が来たとき、先生は自分の心を裏切った。うつろい易い愛情に賭けるより先生は、実利を選んだんではないか。その方が永遠だと考えてね」

和子は黙って聞いている。

「すると、単眼症の胎児を恐れたのは、自分を信じている女を一方的に裏切った過去を思い出すからね」

和子が言った。

「違うね、それは」

「だって、そういうことになるじゃないの？」

「正確には違うんだな」

「というと?」

彼女はじっと耳を傾けた。

「先生は掛替えのない過去を自ら抹殺しようとしたんだ。記憶の底に追いやって潜在意識に閉じ込めてしまったのだ。〈一つ目小僧〉は過去の忌まわしい記憶が沈んでいる場所を知らせる釣り糸の先の浮きみたいなものだった。見るだけで不穏な気分に追い込まれるが、湖底に沈んだものが何であったのか、失ったものが何であったのか自分でも解らなくなってしまった。つまり、恐怖だけが上澄みのように浮かんで、彼を苦しめ続けたっていうわけだ」

和子は鳴海の分析にジッと聞き入っている。鳴海は言葉に出しながら、自分の認識が間違いのないもののように思えるのだった。

「だから解ったでしょう?」

「何のことだね?」

「女の怨みがいかに恐ろしいかってことが……」

悪戯っぽく言った和子に、鳴海は思わずおかしさが込み上げてきた。鳴海に絡めたしなやかな腕に彼女は幽かに力を入れた。

満月が、左側に見え隠れする鏡のような湖面に映えて、何処までもついてくる。鳴海はそうやって遊んだ少年時代を懐かしく思い出している。そして、休暇が終って病院に戻ったら瑠璃子夫人に何と言って報告しようかと、鳴海はしきりに考えていた。

あとがき

どこの医学部でも、専門課程は人体解剖実習から始まる。その日、同級生より早めに解剖室に駆けつけたら、まだ誰も来ていなく、解剖室はガランとして部屋の片隅に木製の大型の樽が放置されていた。何気なく木製の蓋をずらして中を覗いたら、暗い室内で何となく見えてきたのは、胎児の死体のようだった。あわてて元に戻したが、奇妙な形態が目に残った。まさか……。単眼児ではないだろうと、一瞬思ったが、誰にも話すことをせず、蓋を閉じた。五月の連休明けから正式な実習が始まったが、部屋の様子が一変していた。ビニールの覆いに包まれた死体が約三十体、整然と並んでいたのだ。こうして同級生二人一組になり、一体の死体を相手に約八ヶ月にわたって局部実習が行われたのだ。この間、胎児の記憶は誰にも話すことがなかった。

以後、半世紀になるが、この作品は産科医による堕胎がテーマであるが専門を異にする内科医の視点で書いている。単眼児のエピソードをからめて問題を複雑にしてあるが、あの単眼児は生きて生まれたのではなかったか、との思いが今日に続いている。

著者略歴

水野忠興（みずの　ただおき）

1942年4月、東京都世田谷区玉川奥沢町に生まれる。

父は刈谷城主（愛知県）水野忠政の流れをくむ松山藩士・水野忠明の孫。

横浜国立大学経済学部、横浜市立大学医学部で学ぶ。医学博士。

2023年まで横浜市内で心療内科のクリニックを開設していた。

著書に「小品集　曠野より」（1977年　筑摩書房事業出版）、「ようこそ心療内科へ」（2002年　近代文藝社）、「診察室の向こうに」Ⅰ～Ⅲ（2005年、2006年、2007年　近代文藝社）、「秋の蝉―砂の器は誰が書いたか―」（2017年　近代文藝社）、「定（さだ）と茂吉の間」（2018年　近代文藝社）、「水野一族の光と陰――大老土井利勝は水野信元の実子だった」（2019年　文藝春秋企画出版部）、「ぼくの医学遍歴譚」（2021年　文藝春秋企画出版部）、「患者も医者も、人間です」（2023年　22世紀アート）など多数。

遠《とお》い悔恨《かいこん》
単眼児《たんがんじ》は見《み》ていた

二〇二五年二月二八日　初版第一刷発行

著者　水野忠興《みずのただおき》
発行　株式会社文藝春秋企画出版部
発売　株式会社文藝春秋
〒一〇二―八〇〇八
東京都千代田区紀尾井町三―二三
電話〇三―三二八八―六九三五（直通）
装丁　箕浦卓
本文デザイン　落合雅之
印刷・製本　株式会社フクイン

万一、落丁・乱丁の場合は、お手数ですが文藝春秋企画出版部宛にお送りください。送料当社負担でお取り替えいたします。

定価はカバーに表示してあります。

ISBN978-4-16-009077-4
Printed in JAPAN